고구려, 대륙을 먹다 21권

초판1쇄 펴냄 | 2023년 01월 09일

지은이 | 다물
발행인 | 성열관

펴낸곳 | 어울림 출판사
출판등록 / 2009년 1월 23일 제 2015-000062호
주소 / 경기도 고양시 일산동구 무궁화로 43-55, 801호 (장항동, 성우사카르타워)
TEL / 031-919-0122
FAX / 031-919-0127
E-mail / 5ullim@hanmail.net

ⓒ2023 다물
값 9,000원

ISBN 978-89-992-8170-9 (04810)
ISBN 978-89-992-7467-1 (SET)

고구려를 먹다

다물 대체역사 장편소설

21

어울림
BOOKS

목차

필독

  본 소설은 허구입니다. 실제적 역사나 사실과 다를 수 있습니다.

은혜에 보답하다

그토록 불안해하는 태후를 본 적이 없었다.

"북평은 어떠하오…? 좌무위장군도 내가 본 격문을 보았지 않았겠소? 혹, 서세적이 반군을 이끈다고 해서 날 의심하지는 않겠소……?"

서세적은 이적의 옛 이름이었다.

이적이라는 성과 이름이 되기 전에 이세적이었고, 공신이 되어 이씨 성을 받기 이전에는 서세적이었다.

그를 가장 오래된 이름으로 부르면서 태후가 비난했다.

태후의 물음에 정후전 가운데에 앉은 유인궤가 대답했다.

"의심할 것입니다."

"의심이 아니라 범인이라 생각하겠지."

"그럴 것입니다."

"허면, 군사들을 이끌면서 곧장 장안으로 오겠군."

수심 가득한 표정으로 근심하며 읊조리듯이 이야기했다.

금릉에서 반군이 거병했고, 우림대장인 곽대봉에게 군 지휘와 징발을 맡기면서 진압케 했다.

그야말로 황도를 지킬 수 있는 마지막 군사들이 빠져 나간 셈이었다.

아예 군사가 없는 것은 아니었지만 장안을 지키기 위해서는 백성들까지 총동원해야 지킬 수 있었다.

때문에 북쪽과 서쪽의 오랑캐들이 눈치챌 수 없기를 바랐다.

또한 북평을 지키는 설례와 그의 정예군을 걱정하고 있었다.

태후의 근심을 확인한 유인궤가 차분한 말로 덜어주려 했다.

"좌무위장군은 장안으로 오지 못할 것입니다."

무조가 물었다.

"어째서, 그리 생각하는 것이오……?"

"좌무위장군이 장안으로 오게 되면 임유관이 고려에게

뚫리기 때문입니다.”

“……．”

“이미 고려의 화기군만 해도 10만 대군을 넘습니다. 임
유관을 요충지로 삼고 북평에 대군이 주둔하고 있어도, 고
려군이 작정하고 덤비면 무너질 수 있습니다. 때문에 더더
욱 장안으로 오지 않을 것입니다.”

대답을 듣고 무조가 유인궤에게 물었다.

“허면, 반군을 도울 수도 없겠군… 맞소?”

다시 유인궤가 대답했다.

“좌무위장군과 서세적의 사이는 본래 좋지 않습니다. 그
리고 반군과 함께 할 수 없는 근본적인 이유가 있습니다.”

“어떤 이유를 말이오?”

“황실에 대한 판단입니다.”

“황실에 대한 판단……?”

“뿌려진 격문을 보셔서 아시겠지만, 그 안에는 태후마마
께 대한 선동과 험담뿐만이 아닌, 선황제 폐하께 대한 모
욕적인 선동도 함께 써져 있습니다. 때문에 금릉의 반군은
황실을……．”

“폐 하려는 뜻을 가지고 있다, 이 말이오?”

“충분히 그렇게 여길 수 있습니다. 그리고 좌무위장군은
누구보다 황실을 위해서 싸우시는 분입니다.”

“……．”

"일개 군관이셨지만, 태종 폐하께서 장수로 삼으시는 은혜를 허락해주셨습니다. 때문에 태종 폐하를 위해서도, 선황 폐하를 위하시고 황제 폐하를 위해서 목숨을 바칠 것입니다."

"으음……."

"만약 싸워야 한다면 폐하와 태후마마께 대한 것이 아닌 반군을 상대로 싸울 것입니다."

유인궤의 설명을 듣고 무조가 곰곰이 생각했다.

그리고 고개를 끄덕였다.

설례가 자신에게 맞서지 않을 것이라고 깨달았고, 그가 황실에 모든 것을 바친다는 것을 다시 한 번 깨우쳤다.

사람마다 반드시 위하고자 하는 것이 한 가지씩 있었다.

그러한 생각으로 무조가 유인궤에게 물었다.

"사도는 무엇을 원하오? 무엇을 위해서 황실과 나를 위하는 것이오?"

태후의 물음에 유인궤가 침묵했다.

"……."

무조의 질문을 받고 잠시 생각에 잠긴 듯한 모습을 보였다.

하지만 시간이 길지 않았다.

이내 입술을 떼면서 그녀에게 자신이 가진 마음들을 알려줬다.

"저에게 은혜를 허락하셨습니다."

"은혜라고 말이오?"

"태종 폐하께서 좌무위장군을 알아보시고 중용하셨던 것처럼, 태후마마께서는 절 알아봐주시고 중용하셨습니다. 그 은혜를 목숨으로 바쳐도 갚지 못할 것입니다. 때문에 태후마마를 위해서 이 나라 황실을 지킬 것입니다. 또한 이 나라가 천하의 중심이기를 원합니다."

무조가 유인궤의 마음을 전해 받았다.

한없는 감사를 받았고, 그가 진정으로 자신을 위해서 마지막까지 싸워줄 것이라고 생각했다.

어려운 가운데서 굳은 표정을 지우고 심호흡을 이루었다.

숨을 크게 들이켜고 내쉰 뒤 미소를 띠면서 유인궤에게 물었다.

조정에서 믿을 수 있는 유일한 사람이었다.

"우림대장에게 적을 상대할 수 있는 계책을 알려줬소?"

"예. 태후마마."

"예상되는 전장은 어디요?"

"합비입니다."

"계책이 어떻게 되오?"

적을 어떻게 상대할 것인지 물었다.

그리고 유인궤가 곽대봉에게 알려줬었던 계책을 알려줬다.

"허허실실입니다."

"허허실실이라고?"

"적은 반드시 아군 총병대를 궤멸 시키려고 할 것입니다. 때문에 총병대를 미끼로 쓸 것입니다. 우리 총병대가 궤멸되면 적이 방심할 것이기에, 그때 진짜 주력으로 적을 휩쓸 것입니다."

대답을 듣고 무조의 미소가 짙어졌다.

"어떻게 싸울지 머릿속으로 그려지오. 적이 총병대를 궤멸 시켰다고 기뻐하는 게 눈에 선하군."

"예. 태후마마."

"유황은 어떻게 되었소? 이엽이 역적이었으니 유황 수입도 끊어졌을 텐데."

다시 미소를 지우고서 물었다.

그녀의 물음에 유인궤가 유황 수입의 대안을 알렸다.

"운남에서의 산출량을 늘렸습니다. 여전히 부족하지만 전보다는 나을 것입니다."

"유일하오?"

"예. 태후마마."

"그러면 철저히 해서 지켜야 할 것이오. 막대한 값을 치러서라도 유황을 들이는 일에 소홀함이 없도록 하시오. 그리고 서세적이 반군에 가담했고 미리 그의 가족들이 도주한 것을 보아 고려가 반드시 끼어들 것이오. 남은 간자들도 색출 하시오."

"알겠습니다."

"고려가 반군을 더욱 도울 수 있으니, 모든 백성을 동원해서 싸울 준비를 하시오. 기세를 높여야 고려가 망동을 저지르지 않을 것이오."

"예. 태후마마."

"가 보시오."

"이만, 물러나겠습니다."

명들을 받은 유인궤가 자리에서 일어났다.

상석에 앉은 태후에게 머릴 숙이면서 인사한 뒤 뒷걸음을 했고, 정후전에서 나와 차가운 돌바닥 위를 밟았다.

하늘을 보자 매우 맑아 청명했다.

그 하늘이 당나라의 미래이기를 원했다.

한동안 하늘을 보다가 발걸음을 옮겼으니, 그는 태후가 내린 지시들을 조정 내 각 부에 알렸다.

화약의 중요한 재료인 유황을 지키고자 했고, 이적의 가족마저도 대피시켰던 나라 안의 간자들을 찾고자 했다.

그리고 고려의 개입을 막으려 했다.

장손무기가 돌아오고 포로가 되었던 이적이 온 것은 온전히 고려의 개입이었다.

고려가 당의 모든 것을 무너뜨리려고 했다.

"전쟁을… 피하지 못 할 수도 있겠군……."

반군을 상대로 진압군이 이기는 것을 상상했다.

그리고 그 후에 일어나는 일도 상상했으니, 변란은 결국 제압되지 못하고 온 세상이 전화에 물들 것이라고 생각했다.

검은 연기가 맑은 하늘을 채울 것이라고 여겼다.

무거운 마음으로 다시 걸음을 옮겼다.

근심과 두려움을 갖기는 그 또한 마찬가지였다.

합비에서 천둥소리가 크게 일어났다.

"발포하라!"

뻐벙!

쾅! 콰쾅!

"크하악!"

"아악!"

언덕을 향해서 방렬되어 있던 천자포가 불을 뿜었다.

포구에서 발포된 포탄이 총병들을 궤멸 시켰던 민병들에게 날아들다.

포탄을 맞은 민병들이 비명을 질렀고, 피를 뿌리는 대지와 함께 신체가 흩어지기 시작했다.

강력한 포격에 민병들의 사고마저도 산산조각이 났다.

마치 맹수 앞의 초식동물처럼 눈을 키운 채로 이리 뛰지도 저리 뛰지도 못했다.

그저 비명을 지를 뿐이었다.

"우와악!"

쾅!

"크윽……!"

몇 초의 시간이 지나고 나서야 어떤 일이 벌어졌는지를 알게 됐다.

세 무사 중 한 사람인 서봉이 크게 소리쳤다.

"후퇴! 후퇴!"

하지만 그의 명령이 민병들에게까지 전해지지 않았다.

목소리보다 훨씬 큰 포성이 울려 퍼지고 있었고, 이어서 터져 나오는 총성에 완전히 묻혀 버렸다.

선봉과 함께 언덕을 넘지 않았었던 5천의 총병이 남아 있었다.

미리 유인궤의 예측을 곽대봉이 받아들였다.

반군의 유인이 있을 것이라고 예상했고, 화기로 무장한 민병들이 반군의 최정예일 것이라고 생각했다.

그들을 궤멸 시켜야 반드시 승전을 이룰 것이라고 생각했다.

선봉으로 보낸 총병을 미끼로 삼았고, 그들의 희생으로 말미암아 화기를 든 민병들을 끌어들였다.

총병들이 민병들을 향해서 총을 조준하고 있었다.

그리고 심지에 연기를 피워 올리고 있었으니, 이내 화기

16

대를 지휘하는 천호장들이 목소리를 높이게 됐다.

"발포하라!"

총구에서 불빛이 번쩍였다.

타타탕! 타탕!

"커헉!"

"크흡……!"

"억……!"

민병들의 입에서 신음이 터져 나왔다.

연무가 뿜어져 나오면서 귓가에서 총탄이 지나가는 소리가 일어났다.

서봉의 시선이 총성을 일으키는 총병대에게 고정되어 있었고, 그의 몸에 구멍이 생기면서 몸이 흔들렸다.

"이보게 서봉!"

함께 했던 칠선이 소리쳤다.

민병들에게 후퇴하라고 소리치는 칠선도 쓰러지는 서봉을 보며 눈을 키웠다.

그때 그의 가슴으로 화살이 날아들었다.

"윽……!"

칠선이 박힌 화살을 맞고 무릎을 꿇었다. 그 모습을 멀리서 유상이 보고 있었다.

"칠선! 서봉!"

진압군 궁수들이 화살을 쏘고 있었고, 이내 화살비가 쏟아지면서 그들의 시신이 고슴도치처럼 변하게 됐다.

그 모습을 보고 유상이 충격을 받았다.

전장은 아수라장이었다.

그리고 대의를 품은 민병들이 계속 쓰러졌다.

진압군 총병들이 대열을 이루면서 연속된 발포를 가했다.

고려군처럼 3열 발포 전술을 쓰면서 연속적인 총격을 가했다.

그로 인해 화기를 든 민병들이 녹고 있었다.

창을 들고 함께 달려온 민병들도 총탄을 맞으면서 쓰러졌다.

삽시간에 전세가 다시 역전됐다.

18

창운이 미래를 그리다

바다 위에서 함성이 크게 울려 퍼졌다.

"발포하라!"

함성이 일어난 직후에 천해를 뒤흔드는 큰 소리가 일어났다.

바다 위의 작은 배가 떠있었고, 그 위로 붉은 기가 세워져서 과녁이 되어줬다.

깃대 주위에서 물기둥이 솟구쳤고, 이내 깨부숴지면서 포말을 일으키는 물결 위에서 흩어졌다.

먼 바다로 나간 판옥선들과 삼한선들이 함대 훈련을 벌였다.

대규모로 진법 훈련을 벌이고 화포 발포 훈련을 끝마쳤다.

그리고 돛을 펼쳐서 동쪽에서 부는 바람을 맞았으니, 빠르게 수영으로 돌아와서 나무 부두 옆으로 정박하였다.

줄이 내려지면서 전선들이 포구에 고정됐다.

다리가 내려지면서 수군이라 할 수 있는 호위무사들과 선원들이 내렸으니, 그들은 전부 청해 상단에 속한 자들이었다.

군사들이 내린 후에 안련이 선혜와 함께 내렸다.

그 모습을 포구에서 일하는 해남도 여인들이 보았다.

유려하게 흔들리는 안련의 머릿결을 보면서 현기증을 느꼈다.

"아……!"

작게 탄성을 일으키면서 온 여인들의 얼굴이 빨갛게 되었다.

"어찌 저렇게, 잘생기셨지……?"

"그러니까……."

"너무나도 멋있으셔. 우리가 봐 왔던 잘생긴 사람은 사람이 아니었어."

"오징어야 오징어. 문어도 있고 말이야."

"고려 수군을 이끄는 장수시잖아. 그런데 고려 천군님의 동생에 상단의 단주님이라고 들었어. 그러면 정말, 완벽남이 아닐까?"

"완벽남이지!"

"피부도 좋으시고, 키도 크시고, 어깨도 넓으셔…….'"

"하아…….'"

"머릿결까지 아름다워서 세상에 어떻게 저런 분이 있나 싶어."

"고려 남자들이 전부 잘생겼어. 안련 장군님 주위 남자들도 봐. 하나같이 잘생겼잖아."

"그래도 장군님이 최고야. 저런 분을 이렇게 보기만 해도 너무나도 행복해!"

여인들이 마음을 녹이면서 안련을 바라봤다.

서로 안련에 대해서 칭찬을 늘여 놓았고, 그 때문에 주위 호위무사들이나 단원들까지 좋은 이야기를 들었다.

여인들의 수군거림을 안련과 함께 서 있는 선혜가 보았다.

그녀들이 어떤 이야기를 하는지 여인의 감각으로 금세 알아차렸다.

'저것들이 감히!'

누구도 단주를 탐할 수 없었다.

절대로 용납할 수 없었다.

모인 여인들을 노려보면서 살기를 뿜어냈고, 그녀의 기운에 직면한 여인들이 몸이 서늘해지는 것을 느끼게 됐다.

"왜 이리 추워……?"

"뭔가 서늘해."

"헉……?!"

눈빛이 마주친 여인의 심장이 얼어붙는 듯했다.

선혜와 시선을 마주하면서 한 순간에 온몸이 굳어버렸
다.

그녀를 선혜가 죽일 듯이 노려봤고, 그때 선혜의 머리 위
로 안련의 큰 손이 놓이게 됐다.

"가자."

"네, 단주님~"

살기가득 했던 눈빛이 지워지고 이내 온화한 표정으로
바뀌었다.

얼굴을 붉히며 환하게 웃는 선혜를 해남도 여인들이 멀
리서 봤다.

"……."

다시 경험하고 싶지 않은 서늘함이었다.

그리고 청해 상단 단주에 대한 시선이 떨어지면서 자신
들에게 일이 주어져 있다는 것을 깨닫게 됐다.

"참, 군사들이 돌아왔는데 어서 음식을 준비해야 할 것
같아."

"너는 과일들을 준비해. 나는 쌀을 불릴 거니까. 오늘 열
심히 일해야 고려 돈을 받을 수 있어."

"그래."

징발된 인원이 아닌, 정당하게 고려군에 의해서 고용된 주민들이었다.

진채를 세울 때도 주민들의 인력을 동원해서 세웠고, 그때 원화로 값을 지불하면서 그들이 여러 물건들을 살 수 있게 했다.

밀이나 옷이나 책 같은 양식과 물건들을 샀다.

그리고 여인들이 돈을 벌어서 아이들을 먹여 살렸으니, 고려군을 통해서 그들의 삶이 이어지고 있었다.

전선에서 안련이 선혜와 함께 내렸을 때, 창운이 앞으로 오면서 두 사람으로부터 인사를 받았다.

"오셨습니까, 형님."

안련의 인사를 받고 창운이 말했다.

"오늘 바다가 험한 편이었는데 훈련을 벌이는 데에 괜찮았어?"

"나쁘지 않았습니다."

"생각보다 파도가 높지 않았었던 모양인가 보군."

"높긴 했지만 익숙합니다. 오히려 덕분에 훈련다운 훈련을 벌였습니다. 오랜만에 멀미를 인내하는 법도 배웠습니다."

배를 자주 탄다고 멀미를 아예 하지 않는 것은 아니었다.

흔들림이 심하면 수군도 얼마든지 멀미를 할 수 있었다.

그리고 그것에 얼마나 익숙해지느냐에 따라 전투력이 달라질 수 있었다.

안련의 대답을 듣고 창운이 미소 지었다.

선혜와 그녀의 뒤에서 하선하는 선원들을 봤다.

그리고 돌아서면서 이야기 했다.

"훈련이 끝났으니, 식사를 해야지. 수영 밖에 음식을 맛있게 하는 주막이 있는데 함께 나가보지 않겠어? 기왕이면 밖의 음식도 팔아줘서 이곳 주민들과 좋게 지내보려고 하니까."

창운의 말에 안련이 웃으면서 대답했다.

"알겠습니다. 잠시 몇 가지 지시만 내려놓고 따르겠습니다."

"빨리 와."

"예. 형님."

음식 가게를 알고 있는 창운이 먼저 나서서 발걸음을 옮겼다.

이어 안련이 선혜에게 훈련 정비를 맡겼다.

형인 창운을 따라 수영 밖으로 향했고, 사람들이 붐비는 주막에 앉아서 생선 요리와 술을 시키고 밥도 주문했다.

술잔에 술을 채우고 각자 한 잔씩 했다.

그리고 양념이 잘 된 생선 요리를 먹었으니, 두터운 살코기를 젓가락으로 걷어 올려서 먹고 안련이 놀라워했다.

"맛있지?"

창운이 물었고 안련이 고개를 끄덕이면서 대답했다.

"예, 형님."

"나도 이틀 전에 먹어보고 놀랐다니까. 해남에서 음식을
가장 잘 만드는 주민이 가게를 열었다는데 궁금해서 견딜
수가 있어야지. 나중에 주모에게 이 요리를 어떻게 만드는
지 물어 볼 거야."

"주막을 여시려고 말입니까?"

"혹시 모르잖아. 내가 창을 잡지 않고 전장으로 갈 일이
없을 정도로 평화로워지면 말이지. 그땐 음식 장사나 해볼
까 생각한 적도 있어. 저 북쪽에서 말이야."

"북쪽이면……."

"형님께서 길을 여시는 곳. 어제 연락선이 와서 형님의
소식을 들었는데, 이제 본격적으로 북쪽 교역로를 열려고
하시더라고. 남쪽 교역로는 나와 너를 통해서 확실히 여셨
으니까. 그래서 교역로가 열리면……."

"요동과 만주가 거점이 되겠군요."

"안시성에도 사람이 붐빌 거야. 그래서 때가 되면 안시
성으로 돌아가서 음식이든 뭐든 팔려고. 그러니까 네가 좀
투자를 해. 그럴 능력이 있잖아. 절대로 손해 볼 일은 없을
거야."

먼 미래의 일이었다.

그래서 희망에 관한 이야기였다.

창운이 세상이 화평해졌을 때를 기다리면서 말했고, 형의 이야기를 들으면서 안련이 고개를 끄덕이면서 대답했다.

"긍정적으로 생각해보겠습니다. 하지만 그 전에 당나라부터 정리해야 할 것 같습니다."

안련의 이야기를 듣고 창운이 피식 웃었다.

빈 술잔을 채우고 함께 들면서 잔을 비웠다.

그리고 젓가락으로 생선살을 파먹고 밥을 떠먹으면서 배를 채워갔다.

다시 빈 술잔을 채우고 잔을 비우려고 할 때 옆에서 큰 소리가 일어났다.

"죄…죄송합니다……!"

"아, 정말! 새 옷인데! 어쩔 거야?!"

"죄송합니다!"

"아니, 죄송하다고 말하지 말고 어쩔 거냐고?!"

음식을 뒤집어 쓴 손님이 노성을 일으켰다.

그의 얼굴에 상흔이 많았으니 척 보아도 험한 인생을 산 듯했다.

그러면서 색상이 화려한 비단옷을 입고 있었으니, 그에게 큰 실수를 한 소녀가 연신 허리를 굽히면서 사죄했다.

하지만 소녀의 사죄로는 부족했는지, 칼을 찬 손님이 벌떡 일어나면서 탁자를 발로 탔다.

"어쩔 거냐고?!"

그의 일갈이 주막 안에서 쩌렁쩌렁하게 울려 퍼졌다.

온 손님들이 식사하다가 얼어붙었고 창운과 안련이 그의 행동을 가만히 지켜봤다.

이윽고 소란에 놀란 주모와 가게 주인이 급히 와서 목소리를 높이는 손님의 모습과 엎어진 음식과 그릇들을 보게 됐다.

가게 주인인 중년의 남자가 소녀에게 물었다.

"어…어찌 된 것이냐?"

소녀가 울먹이면서 대답했다.

"저기 칼집이 튀어나와 있어서, 걸려서 그만……."

가게에서 일하는 소녀의 이야기를 듣고 주인이 미간을 좁혔다.

가게 안에서는 탁자나 의자 사이를 지나는 사람을 위해서라도 허리에 차고 있는 칼이나 검을 풀어야 했다.

혹은 등에 멘 짐을 내려놓아야 했다.

그렇게 해서 결코 통행에 방해가 되어서는 안 됐다.

그것이 배려였고 사람들에 대한 예의였다.

하지만 탁자를 엎은 자에게 배려나 예의라고는 눈 씻고 찾을 수도 없었다.

오직 스스로가 값을 지불했으니, 마땅히 소리칠 수 있는 자격이 주어져 있다고 생각하는 자였다.

그렇게 생각하면서 가게 주인이 자세를 낮추면서 말했다.

"저, 죄송합니다. 일한지 얼마 되지 않은 아이라서… 부디, 너그럽게 용서를 구합니다. 그러니…….."

손님이 가게 주인의 멱살을 잡으면서 말했다.

"야."

"예……?"

"옷이 이 따위가 됐는데, 그냥 봐주라고?"

"그…그것이…….."

"안 봐 줘! 못 봐주지! 이 옷이 얼마인데 말이야! 저 년이 갚던지, 아니면 저 아이를 쓴 네놈이 갚던지!"

면전에다 침을 튀기면서 소리쳤다.

그리고 화난 손님의 고성을 들은 점주가 기어들어가는 목소리로 물었다.

"저… 옷값이 얼마인지…….."

제법 가격이 나갈 것이라고 생각했다.

그리고 가게에서 일하는 여자아이를 위해서 내어주려고 했다.

소녀는 다름 아닌 점주와 주모의 여식이었다.

해맑게 웃어야 된 소녀의 얼굴에 잔뜩 두려움이 실려 있었다.

자신 때문에 아버지가 치욕을 겪는다고 생각했다.

그리고 그녀 앞에서 아비가 터무니없는 대답을 들었다.

"천오백 원!"

"예……?!"

"원화로 천오백 원! 설마 없어?!"

"처… 천오백 원이라니…….."

"배상하지 못하면 저 년에게 물릴 거다!"

"……?!"

천오백 원은 고려에서 매우 큰돈이었다.

고려 땅이 아닌 곳에서의 가치는 말 할 수 없을 정도로 매우 컸다.

때문에 그 돈은 큰 상단을 운영하는 자가 아니면 마련할 수 없는 돈이었다.

험악한 손님의 통보에 점주가 얼어붙으면서 손을 떨었다.

그리고 여식과 부인의 얼굴을 보고선 두 사람이 가진 절망감을 느꼈다.

절대로 그 금액대로 갚을 수 없었다.

그때 그들을 위한 구원자가 나서게 됐다.

"개소리도 작작해야지!"

"뭐야?!"

"아니, 비단 옷인 것은 알겠는데, 그딴 게 천오백 원이나 해?"

"뭐라고……?!"

"사기를 쳐도 적당히 쳐야지! 오십 원 정도 줄 테니까, 그거나 받고 꺼져!"

키에 비해 팔 다리가 길어 보이는 사내였다.

그리고 머리에 두건을 쓰고 있었고, 보기에는 그래도 어디에서나 볼 수 있는 사내 같았다.

그리 강해 보이지 않았고, 오히려 뒤에 선 남자가 묘한 느낌을 풍기고 있었다.

키가 크고 미려하면서도 잘생기기까지 한 남자였다.

하지만 중요하지 않았다.

앞에서 두건을 쓴 남자가 난동을 부리는 손님에게 소리쳤다.

그의 외침에 주변 탁자에 있던 남자들이 벌떡 일어났다.

그들의 인상도 상당히 험악했다.

"오호, 이 새끼들 패거리였네?"

창운이 그들을 보면서 비웃었다.

앞으로 일어나는 일들을 오직 그와 안련만이 알 뿐이었다.

주위 손님들이 숨죽이고 있었다.

창운이 주막을 구하다

한순간에 주막이 싸움터로 변했다.

얼굴에 상흔이 가득한 험악한 인상을 가진 상인에게 두건 쓴 남자가 소리쳤다.

그의 뒤로 모든 여인이 바라마지 않는 훤칠한 미남이 서 있었고, 자리에서 일어난 남자들이 두건 쓴 남자를 주시하면서 칼을 뽑아들었다.

그리고 그들의 모습을 주막 안팎의 사람들이 지켜보고 있었다.

술렁이는 분위기 속에서 옷이 더러워진 상인에 대해서 주민들이 이야기 했다.

"저놈 근자에 우리 마을에 머물게 된 상인 아냐?"

"마…맞아……."

"어디 상인이지…? 복장을 봤을 때는 진랍 상인도 고려 상인도 아닌 것 같던데……."

마을에 머물게 된 상인의 정체에 대해서 이야기 했다.

그리고 그에 대한 이야기를 들었던 사람들이 있었다.

"당나라 상인이야."

"당나라 상인이라고……?"

"저 자 말고 다른 상인들도 있으니까. 그래도 진랍과 고려를 상대로 교역을 벌였는데, 이번에 교주로 이어지던 교역로가 끊어지면서 이곳에 눌러앉아 버린 것 같아. 여기저기에서 행패를 부린 것으로 아는데 심보가 아주 고약한 놈들이야."

한 주민이 상인의 이름을 알고 있었다.

"이찰이라고 들었어. 성이 이씨인지 아닌지 모르겠지만, 오만한 자야. 자기가 당 황실 종친이라고 여기나 봐."

상인에 대한 뒷담을 늘여 놓았다.

그리고 그 이야기는 결코 좋은 이야기들이 아니었다.

포구와 접한 마을 곳곳에서 흉흉한 이야기들만을 흘리고 있었다.

창운이 상인을 상대하려고 했고, 창운을 상대하기 위해서 이찰의 부하인 듯한 자들이 일어서 행동에 나서려고 했다.

그들 전체를 보면서 창운이 콧방귀를 뀌었다.

"허, 이거 참."

"……?"

이찰을 보면서 당나라 말로 창운이 물었다.

"너 내가 누구인지 알고 그러는 거야?"

창운의 물음에 이찰이 비웃었다.

"모르지. 그런데 알게 뭐냐!"

"정말 후회할 텐데?"

"네놈이나 괜히 설치다가 후회하지 마라! 정신을 차릴 수 없도록 흠씬 패 주마!"

비릿한 미소를 보이면서 창운에게 말했다.

그 말을 들은 창운이 무심한 눈빛으로 이찰을 보다가 한숨을 쉬었다.

"어휴."

질린 듯한 표정을 지으면서 이내 이찰에게 말했다.

"대고려국 남방군 상장군 창운이다."

"뭐라고?"

"대고려국 정2품 공조판서이자 해병 1사단을 지휘하고 있다. 네놈이 무지해서 죄 짓는 것보다는 나으니까."

"……?!"

"아량으로써 내가 누구인지 알려줬으니까 당장 꺼져! 안 그러면 모조리 박살내 버릴 테니까! 이제, 알아 뵙지 못해서 잘못했다는 말은 통하지 않을 거다!"

신원을 밝히면서 행실이 곱지 못한 자들을 물리치려고
했다.

아니, 당장 싸움이 벌어지면 탁자와 의자 등이 깨질 수
있었다.

그것은 주막 주인에게 피해가 되는 일이었다.

선량하고 무고한 주민들에게 최대한 해를 끼치지 않으려
고 했다.

그때 이찰이 창운의 자기소개를 불신했다.

"네놈이 고려인이라고?"

"그래. 고려인이다."

"고려인이 그렇게 생길 수 있나?"

"뭐?"

"고려인이면 응당 피부도 하얗고! 얼굴도 잘생기고, 그
래야지! 우리처럼 생긴 고려인이 어디에 있어?!"

"……."

"저 정도는 생겨야 고려인이지!"

뒤편에 서 있는 안련을 가리키면서 이찰이 외쳤다.

그 말에 창운의 눈가가 꿈틀거렸다.

이내 뒤를 돌아보면서 안련에게 말했다.

"좋겠다? 고려인으로 인정해 줘서."

"주막 주인에 대한 배상은 제가 해 드리겠습니다."

"그래, 고맙네… 주변에 구경하고 있는 사람들이나 좀 물려 줘."

"알겠습니다. 형님."

창운의 부탁을 안련이 받으면서 머릴 숙였다.

이어 주막 안의 사람들을 주인을 통해서 밖으로 내보냈다.

싸움을 구경하려다가 당나라 말을 알아들은 상인과 주민들이 있었다.

"고려 상장군이라는데?!"

"뭐, 진짜?!"

"그렇다니까!"

"그런데 고려인이 정말로 저렇게 생겼어? 피부색도 우리와 비슷한 거 같은데? 저기 뒤의 남자가 진짜 고려인인 것 같아."

안련을 두고 하는 말이었다.

그리고 자신과 안련에게 향하는 사람들의 시선을 창운이 느꼈다.

괜히 이찰에게 분노의 화살이 향하게 됐다.

'저놈 때문에!'

심상치 않은 분위기를 느꼈고 온몸이 저리는 듯한 불길함을 이찰이 느꼈다.

차고 있던 칼을 뽑아 들면서 부하들에게 소리쳤다.

"쳐…쳐라!"

이찰의 지시와 함께 그를 호위하는 무사들이 신속히 몸을 날렸다.

칼을 뽑고 창운에게 달려들었다.

그중 겁 없는 자가 가장 먼저 뛰어들었고, 창운의 피를 흘리게 하려고 했다.

그의 피로 사람들에게 공포를 안겨다주려고 했다.

하지만 먼저 피를 흘린 쪽은 호위무사였다.

"커헉?!"

눈앞이 번쩍하면서 몸이 뒤로 날아갔다.

휘두르는 칼을 몸을 숙여서 피한 창운이 호위무사의 얼굴에 정확히 주먹을 꽂아 넣었다.

이어 달려드는 호위무사에게 발차기를 날렸다.

그리고 큰 덩치를 자랑하면서 도끼를 휘두르려 하는 호위무사의 얼굴을 손으로 잡고 바닥에 꽂아버렸다.

"크악?!"

쾅!

소리가 크게 울려 퍼졌다.

탁자가 깨지면서 와장창! 하는 소리가 크게 일어났다.

그리고 남은 호위무사들이 움찔하면서 그대로 얼어붙어버렸다.

"큭?!"

"이… 이놈이……!"

산만 한 자를 한 번에 실신시킨 창운이 주먹을 가다듬으면서 호위무사들에게 말했다.

"내 손에 창이 들려 있지 않은 것을 다행으로 여겨라. 안 그랬으면 벌써 네놈들의 심장이 저 멀리 나뭇가지 위에 걸려 있었을 테니까."

"……?!"

"내가 누군지 알려줬는데도 멍청하게 덤비다니, 그런 머리로 돈은 또 어떻게 번거야? 이리 와서 설명해 봐."

창운이 손짓하면서 이찰에게 말했다.

창운 주위로 호위무사들이 쓰러져 있었고, 이찰이 덜덜 떨면서 두려움을 느꼈다.

아무래도 고려 상장군이라는 말이 진짜인 듯했다.

허리에 차고 있던 칼자루로 손이 올라갔지만, 뽑는 순간 여태 경험한 적 없는 두려운 일을 겪을 것이라는 생각이 들었다.

때문에 손이 떨리고 있었다.

이찰을 창운이 노려보다가 먼저 발걸음을 옮겼다.

"네놈이 오지 않으면, 내가 먼저 가마!"

"으아아! 우와악?!"

맹수를 만난 들짐승 같았다.

돌아서서 재빨리 도망치려 했지만 창운의 돌진이 훨씬

빨랐다.

앞에 서 있던 호위무사들의 팔다리가 꺾였다.

그리고 이찰의 옷깃이 붙들리면서 둔탁한 소리가 바닥에서 일어났다.

"커헉… 우그극……."

게거품을 물면서 흰자위를 보였다.

호위무사들과 이찰을 쓰러트린 창운은 숨소리 하나 흐트러트리지 않고 손을 털었다.

"그러게 사람 봐 가면서 설쳐야지. 멍청하니까 이런 꼴을 당하는 거 아냐."

그때 주막 밖에서 지켜보던 주민들이 환호성을 질렀다.

"오오!"

아무래도 이찰의 행패에 많은 괴롭힘을 받은 듯했다.

주민들의 환호성을 듣고 창운이 미소 지었다.

자신에 대한 환호성은 곧 고려에 대한 환호성이라는 것을 알았다.

자신 뿐 아니라, 해남도에 주둔하고 있는 군과 고려 상인들이 고려를 대표하고 있었다.

그렇게 마음가짐을 세우면서 무뢰배들을 소탕했다.

30분이 지났을 때, 이찰을 비롯한 호위무사들이 깨어나면서 일렬로 무릎을 꿇고 있었다.

머리가 풀어 헤쳐지고 엉망인 모습을 보이는 가운데, 손

38

을 번쩍 든 이찰의 뒤통수를 창운이 손바닥으로 후려 갈겼다.

쫙!

소리와 함께 이찰의 얼굴이 땅에 박힐 뻔했다.

놀란 이찰이 겁에 질린 표정으로 창운을 올려다봤다.

"죄송합니다라고 안 해?"

"죄…죄송합니다……!"

"나 말고, 주막 주인에게 말이야! 네놈 때문에 주위가 엉망이 됐잖아!"

창운의 언성이 높아지자 이찰이 눈을 질끈 감으면서 움찔거렸다.

주막 주인의 여식인 소녀에게 소리칠 때와는 전혀 다른 모습을 보였고, 이내 떨리는 목소리로 앞에 서 있는 주인에게 머릴 숙이면서 사죄했다.

"미…미안하오……."

"존대하면서 용서를 구하지 않을 거야?!"

"죄…죄송합니다…! 부디, 용서를……!"

이찰이 용서를 구하자 다른 호위무사들도 눈치를 살폈다.

그리고 그들에게도 창운이 시선을 주면서 노려보자, 이내 머리를 숙이면서 주막 주인에게 용서를 구했다.

"죄…죄송합니다. 어르신……."

"용서해주십시오. 부디……."

겁에 질려서 억지로 사죄하고 용서를 구하는 것이라는 것을 알았다.

하지만 그렇게 해서라도 일을 마무리 지을 수 있었다.

주막에서 난동을 부린 자들이 자신들도 어쩔 수 없는 상대가 있다는 것을 알고 두려워하는 것이 중요했다.

무엇보다 고려 상장군의 심기를 건드려 놓은 상태였다.

잘못하면 해남도에서 모든 것을 잃고 떠날 수도 있었다.

당나라와 자주 전쟁을 치렀던 고려의 동맹인 스리비자야의 땅이 된 곳이기에, 고려 상장군에게 밉보이면 앞으로 바다로 나올 수 없을 지도 몰랐다.

그런 생각으로 머리를 숙인 이찰을 주막 주인이 내려다보고 있었다.

창운이 주막 주인에게 물었다.

"용서해달라는데, 어떻게 하겠소?"

고려 말로 주인에게 물었다.

그리고 고려 말을 아는 주막의 주인이 고민 끝에 답하게 됐다.

"용서하겠습니다. 한 달 동안 소인의 주막에서 이 자들이 일하는 것을 조건으로써 말입니다. 그렇게 해서 수군장 어르신께 진 빚을 갚겠습니다."

그 말에 창운이 미소를 지으면서 말했다.

40

"내가 부순 것과 다를 바 없는데……."

"이 자들의 난동이 없었다면 없었을 일입니다."

"뭐, 주인장이 그렇게 이야기 하니 받아들이도록 하지. 틀린 말도 아니니까 말이야. 얼마 안 되는 탁자 값이지만 이놈들을 써서 갚도록 해."

"예, 장군. 그리고……."

"그리고?"

"……."

대답 끝에 주막의 주인이 말미를 흐렸다.

말할까 말까 고민을 하다가 여식을 한 번 바라보고 다시 생각에 잠겼다.

아비와 어미의 일을 돕느라 손이 많이 거칠어져 있었다.

그런 여식을 본 후에 다시 창운에게 말했다.

"소인의 여식을 거두어 주십시오."

"뭐?"

"염치없는 말씀을 드리는 것을 압니다. 하지만, 소인의 여식을 거두어 주신다면, 이 주막에서 이 자들과 같은 이들은 다시없을 겁니다. 여식의 외모가 부족치 않으니, 장군님께서 좋으시다면 하녀로라도 부디……."

"……."

주막 주인의 목소리만큼이나 창운의 눈동자도 흔들리고 있었다.

그야말로 상상하지 못한 일이었다.

구함을 얻은 남자가 여식을 은인에게 넘겨주려고 했다.

그의 제안에 창운의 온 심기가 흔들리고 있었다.

그것은 바른 일도, 바르지 못한 일도 될 수 있었다.

창운이 서미를 기억하다

보는 눈이 많았다.

안련이 지켜보고 있었고, 해남도 주민들이 지켜보고 있었다.

또한 주모와 주막 주인의 여식이 지켜보고 있었다.

다시 주막 주인이 창운에게 부탁했다.

"부디, 소인의 여식을 거두어 주십시오. 간청 드립니다."

그 말에 창운이 황당한 표정을 지었다.

아니, 당황했다.

생각지도 못한 부탁에 고민할 것도 없이 이내 고개를 가로저었다.

"아니. 그 부탁은 들어줄 수 없소."

"장군님."

"갑자기 여식을 거두어 달라니, 주막을 지키기 위해서라지만 부모로서 너무한 행동 아니오? 그게 아비로서 할 말이오?"

언성을 높였다면 호통이 될 일이었다.

기막힌 표정으로 창운이 따지듯이 주막의 주인에게 물었다.

그리고 주인이 시선을 깔면서 잠시 머뭇거리는 모습을 보였다.

이내 다시 창운에게 시선을 맞추고서 이야기 했다.

"관례입니다."

"뭐요? 관례?"

"예. 장군님."

"관례라니? 그게 무슨……."

어리둥절한 반응을 보이면서 창운이 물었고 답을 들었다.

"이곳에서는 은인에게 자식이나 여식을 주어야 하는 관례가 있습니다."

"뭐?"

"자식의 경우 양자나 사위, 혹은 하인으로 삼아질 수 있

고, 여식의 경우 부인이나 첩, 며느리, 혹은 하녀로 삼아질
수 있습니다."

"……."

"은인이 어떻게 삼을지는 온전히 은인이 결정합니다. 하
지만 은인에게 자식이나 여식을 드림으로써 받은 은혜에
대해서 보답해 드립니다. 그것이 이곳에서의 관례입니다.
그러니 부디, 은혜에 보답해 드릴 수 있도록, 다시 은혜를
베풀어주십시오. 장군님……."

자세를 한껏 낮추면서 주막의 주인이 청했다.

그의 부탁을 듣고서 창운이 기겁했다.

이맛살을 잔뜩 조인 상태에서 안련을 보면서 도움을 요
청했다.

그리고 동생의 침묵을 보게 됐다.

"……."

해 줄 조언이 없었다.

동생의 응답을 알아보고 자신이 결정해야 한다는 것을
창운이 알았다.

주막 주인이 말한 관례가 이해되긴 했지만, 자신은 고려
를 대표하는 자였기에 함부로 그의 여식을 받을 수 없었
다.

그의 부탁을 거두게 할 요량으로 형의 지혜를 빌려 쓰기
로 했다.

형인 천군이 있었다면 어떻게 물렸을 지를 상상하면서
말했다.

"그런 관례가 있다고 하니 존중은 해주겠소. 하지만 여
식의 생각과 의견도 중요하지 않소? 아무리 은인에게 보
답한다고는 하지만 여식도 나름 생각이 있을 텐데……."

그 말에 곁에서 지켜보던 여식이 말했다.

"소녀는 괜찮습니다."

"보시오. 괜찮다고 하지 않소. 그러니까……."

말하던 중에 정신이 번쩍 들었다.

"으잉?"

주인에게 말하다가 눈을 동그랗게 뜨고서 여식을 봤다.

두 손을 모아 공손한 자세로 서 있던 여식이 한 번 더 이
야기 했다.

"소녀는 괜찮습니다."

"……."

"그리고 장군님께선 소녀의 아버지를 구해주셨습니다.
그러니, 밤에 어떤 험한 시중이라도……."

기겁을 하면서 창운이 손사래를 쳤다.

"뭔, 소리를 하는 거야? 난, 그런 사람이 아니야…! 대체
뭘로 보고……!"

재빨리 부정하지 않으면 졸지에 이상한 사람이 될 수 있
었다.

소스라치게 놀라면서 목소리를 높여 주막 주인의 여식이 다 말하지 않도록 틀어막았다.

그렇게 하고선 주위 사람들의 눈치를 살폈다.

다행히 자신을 두고 이상한 사람이라 여기지 않는 듯했다.

금방 주인의 여식이 한 말을 놓고 이야기 하지 않고 있었다.

어서 화제를 전환시켜야 했고, 다시 부탁을 물리칠 수 있도록 다른 사람의 의견을 빌려 쓰려고 했다.

이번에는 주모이자 주인의 아내였다.

"어머니 의견도 들어야 하지 않소? 그러니까 주모의 의견도……."

말이 끝나기 전에 주모가 먼저 대답했다.

"소인도 괜찮습니다."

"……."

"저희 딸이 소인들 아래에서 일하는 것보다 장군님을 모시는 것이 백 번 나을 것입니다. 그러니 하녀로라도……."

"난 하녀를 안 두오. 군영에서 지내는데 하녀가 웬 말이오?"

"하오면 첩으로라도 안 되겠는지요? 미천한 여식이지만 글자를 알고 아비를 따라 주막의 재정도 살필 수 있는 아이입니다. 나름 지혜가 있기에 고려로 데려가 주신다면 곁에서 장군님을 도와드릴 것입니다. 그리고 손이 거칠지만, 꾸미면 예쁜 아이입니다. 장군님."

주모마저도 자신의 딸을 넘겨주려고 했다.

그런 주모와 주막 주인의 모습에 창운이 이마를 손으로 짚어버렸다.

주모와 여식의 의견을 빌려서 거부하려다가 오히려 여식을 거둬야 하는 명분만 키워줬다.

한참을 고민하다가 어쩔 줄 몰라 하는 여식을 보게 됐다.

'굳이 꾸밀 필요도……'

부모의 신분이 그리 귀하지 않았다.

하지만 그다지 중요한 것은 아니었다.

부모님을 돕기 위해서 주막에서 일하는 것이 중요했다.

일에 집중하기 위해서 화장하지 않았고, 굳이 화장이 없어도 얼굴에 빛이 났다.

애초에 고려에서도 보기 힘든 미인이었다.

이국적인 느낌이 있었지만 과하지 않았고 이목구비가 선명했다.

주모의 말대로 꾸미면 절세미인일 것 같았다.

그런 생각이 들었을 때 고개를 가로저으면서 정신을 차렸다.

"안 되오."

"장군님……."

"부인도 없는데 무슨 첩이오. 어쨌든 안 되오. 이곳의 관례라 하더라도 나는 고려인이기에 받아줄 수 없소."

처음부터 단호하게 말했어야 했다.

괜히 다른 사람 의견을 빌리려고 했다가 휘말릴 뻔했다.

고려 상장군으로서의 체통을 지키려고 했고, 존경하는 형에게 좋지 않은 이야기가 들리지 않도록 만들려고 노력했다.

그런 창운을 안련이 뒤에서 지켜보고 있었다.

"……."

창운을 지켜보고 고개를 숙인 주막 주인의 여식을 보았다.

그리고 주인과 주모의 모습을 지켜봤다.

두 사람이 매우 실망한 표정을 짓고 있었다.

그런 두 사람에게 형인 창운이 말하는 것을 들었다.

"이름이 어떻게 되오?"

"예?"

"이름말이오. 주인장에게도 이름은 있을 거 아니오?"

주막 주인에게 창운이 묻자 이내 이름을 들었다.

"서상입니다. 장군님."

"허면 여식은……."

"서미입니다."

"서미……."

"올해로 21살이 되었습니다."

본의 아니게 여식의 나이까지 들었다.

아비와 어미를 돕는 모습을 보고 훨씬 어릴 것이라고 생각했었다.

하지만 성인이었고 혼례를 준비해야 되는 나이였다.

그런 서미를 창운이 잠시 보다가 아버지인 서상에게 말했다.

"내 이름을 팔아도 되오."

"장군님의 존함을 말씀입니까……?"

"이딴 놈들이 다시 난동을 부리게 해선 안 되지 않소. 그러니까 앞으로 똑같은 행동을 보이는 자가 있다면 내 이름을 대시오. 그렇게 해서도 놈들이 자제하지 않는다면 즉시 고발하시오. 스리비자야 관아에서든지, 내게서든지 말이오. 내게 알려주면 언제든지 정리해주겠소."

앞으로도 주막을 지켜줄 것임을 창운이 알렸다.

그의 이야기를 듣고 더 이상 여식을 거두어 달라고 말할 수 없었다.

고려인에게는 고려인의 관습이 있었고, 그에게 해남도의 것을 강요할 수도 없었다.

그저 그의 도움을 받은 사실이 감사했다.

주막 주인인 서상의 인사를 창운이 받았다.

그리고 그의 여식인 서미와 부인인 주모의 인사도 함께 받았다.

고려인들처럼 머릴 숙이면서 인사했고, 그들의 인사를 받은 창운이 무릎 꿇고 있던 이찰과 호위무사들에게 마지막으로 경고했다.

"한 달 동안 여기서 일하면서 너희들이 진 빚을 갚아. 안그러면 사지를 가루로 내버릴 테니까. 한 달 동안 일한 후에 내게 보고를 올려."

"예. 상장군……."

맹수 앞의 작은 짐승이었다.

호랑이 앞의 토끼처럼, 으르렁 거리는 창운 앞에서 어떤 반구도 하지 못했다.

그저 시선을 아래로 떨어트린 상태에서 폭행당하지 않으려고 눈치를 살폈다.

이찰과 호위무사들을 노려보던 끝에 돌아서면서 창운이 걸음을 옮겼다.

그리고 안련이 따랐다.

군영으로 향할 때 안련이 창운에게 말했다.

"제가 보기엔 좋은 아이였습니다."

"나도 알아."

"하온데, 어찌하셔서 거부하셨습니까?"

"그거야, 내가 일개 군을 이끄는 상장군이기 때문에 그렇잖아. 우리 땅도 아니고 남의 땅에 와서 병사들이 문제를 일으켜도 욕을 먹는데, 상장군인 내가 주인장을 도와줬다고 여식을 데려가 봐, 무슨 소리를 듣나. 폐하께나 형님께나 폐를 끼치는 일이야."

당연히 해서는 안 되는 일이라고 창운이 말했다.

그 말에 안련이 피식하면서 미소를 보였다.

그리고 형에게 말했다.

"그렇게 말씀하시면서 여식의 이름을 물으셨습니까? 주인장에게 여식의 이름을 물으셨습니다. 설마 기억 못 하시는 것은 아니겠지요."

"……."

안련의 이야기를 듣고 기억을 더듬었다.

동생의 말대로 주막 주인에게 이름을 묻고 여식의 이름을 물었었다.

'서미'라는 이름이 머릿속에 박혀 있었다.

그때 자신이 뭐 하러 여식의 이름을 물었는지 스스로가 궁금해졌다.

자신을 돌아보는 형을 보면서 안련이 이야기 했다.

"그 아이, 누가 보더라도 미인입니다."

안련의 이야기를 듣고 창운이 동감을 나타냈다.

"알고 있어. 예쁜 아이라는 거. 그런데 상관이 있어? 주인장의 말대로 그 아이를 거둬봐야 그 아이에게 마음이 없으면 강제로 데려가는 것과 다르지 않잖아. 그러면……."

창운의 말미에 안련이 끊어내면서 이야기 했다.

"마음이 없진 않을 겁니다."

"뭐……?"

"형님에 대한 그 아이의 마음이 말입니다."

"…….”

"그래서 거두신다고 해서 강제로 데려가는 것은 아닐 겁
니다. 그리고 그 아이는 제게 시선을 두지 않았습니다."

자신에게 시선을 두지 않았다는 안련의 말에 창운의 사
고가 잠시 멈춰 버렸다.

세상의 어떤 여인도 안련을 앞에 두고 시선을 떼는 경우
는 없었다.

또한 여인의 마음을 잘 알고 있었으니, 동생의 말에 솔깃
하여 혹시나 라는 생각이 들었다.

그러면서 자신의 외모를 떠올리면서 이내 회의적으로 생
각했다.

두건을 쓰고 있을 때는 모를 일이었지만 벗었을 때는 흉
측한 머리가 드러날 수밖에 없었다.

때문에 어떤 여인도 자신에게 마음을 줄 것이라고 여기
지 않았었다.

그런 생각을 다시 떠올릴 때 안련이 말했다.

"거두지 않고 이야기라도 나눠보시는 것이 어떻겠습니

까? 이야기를 나눠보시고 마음이 있는 것을 알게 되면, 형님께서 어떻게 거두시더라도 강제함은 없을 겁니다. 설령 첩이나 부인으로 삼으셔도 말입니다."

"……."

"그저 단순히 만나보는 것은 괜찮다고 여겨집니다."

안련의 이야기를 듣고 창운이 멍한 모습을 보였다.

한참을 생각하다가 돌아서서 지난 길을 보게 됐다.

그 끝에 주막이 있었고 서미가 있었다.

굳이 꾸미지 않아도 예뻤던 소녀 같은 여인이었고 부모를 섬길 줄 아는 아이였다.

마음이 움직이면서 발걸음도 따라 움직이려고 했다.

돌아선 발걸음이 다시 주막으로 향하려고 했다.

그때 자신을 찾는 누군가의 외침을 듣게 됐다.

"상장군!"

소리를 듣고 창운이 안련과 함께 돌아봤다.

소리가 난 쪽을 보자 말 탄 군관이 달려오고 있었다.

아무래도 자신과 안련을 찾기 위해 마을 곳곳을 돌아다닌 듯 했다.

이내 앞으로 군관이 달려와서 고삐 줄을 당겼다.

말이 울음소리를 내면서 서자, 군관이 아래로 내려서기도 전에 창운이 물었다.

"무슨 일인가?"

말 탄 상태에서 군관이 급보를 올렸다.

"금릉에서 지원 요청이 있었습니다!"

"금릉에서 지원 요청이 있었다고?"

"당 조국공과 영국공이 금릉에서 봉기한 반군을 이끌고 있습니다! 합비에서 진압군인 황군에게 패해 위기에 빠졌습니다! 때문에 아군에게 지원군을 보내달라고 요청했습니다!"

"……."

"금릉이 떨어지면 다시 숱한 백성들이 죽을 것이라고 알렸습니다!"

보고를 듣고 창운의 미간이 좁혀졌다.

이미 당의 교주에서도 백성들이 들고 일어나서 항거를 벌인 상황이었다.

황실의 거짓말과 태후의 폭정에 분노하고 있었다.

더 이상 억울하게 죽지 않으려고 했고, 그들의 힘은 천하를 뒤엎기에 너무나도 미약했다.

오직 고려만이 대업과 대의를 바로 세울 수 있었다.

고려에 하늘의 뜻이 함께 하고 있었다.

열매가 많은 나무

갑작스럽게 출전 준비 명령이 떨어졌다.

"군량보다 탄약을 더 많이 실어!"

"화력이 우선이다! 군량은 전투 후에 대만에서 보급 받는다!"

"해가 지기 전에 출발해야 된다! 서둘러!"

행수와 선장들이 선원과 호위무사들에게 소리쳤다.

그들은 상단 수군의 군사들이었다.

장수와 군관과 다를 바 없는 이들로부터 명령을 받으며 전선과 부두를 오가는 선원들이 욕을 뱉었다.

"겨우 훈련을 끝내고 와서 쉬려고 했는데 이게 무슨 난리야!"

"그러니까!"

"거짓말을 밥 먹듯이 하다가 이런 일이 생길 줄 알았어. 그런데 왜 하필 오늘이야?!"

"이게 다 무가 놈들과 죽은 황제 놈 때문이야!"

"놈들 때문에 우리까지 휘말렸어!"

"빌어먹을!"

꿀 같은 휴식이 금릉 반군의 지원 요청으로 금세 끝나버렸다.

때문에 기쁜 마음으로 뭍을 밟았던 선원과 호위무사들이 성을 낼 수밖에 없었다.

하지만 그 분노를 지원을 구한 자들에게 겨누지 않았다.

오직 거짓말로 백성을 속이고, 오만한 권위와 권력을 취하려는 자들에게 분노했다.

그들은 당나라가 세상의 중심이 되길 원하는 자들이었고, 그것을 통해서 재물을 모으며 권력을 구하는 자들이었다.

목적을 위해 수단과 방법을 가리지 않는 것을 알고 있었다.

그리고 그러한 목적을 이루기 위해 거짓과 불의한 일도 얼마든지 쓸 수 있었다.

고려와 공존을 택하지 않는 자들이었기에 반드시 싸워야

했고, 그것이 곧 고려 백성들을 위하는 일이었다.

고려의 식구를 위해서 금릉의 반군을 돕고자 했다.

행수와 선장들의 목소리가 더욱 높아졌다.

"돛의 상태를 확인해라!"

"예! 장군!"

분주한 움직임이 하루 종일 이어졌다.

포구에서 일어나는 소란이 마을 거리 안까지 전해졌다.

주막에서 난동이 일어 난지 고작 하루가 지났을 무렵이었다.

부서졌던 탁자와 의자가 이내 복구 되어 있었고, 그 위로 상인이나 손님들이 앉아서 식사하고 있었다.

창운으로부터 호되게 당했던 이찰과 호위무사들이 그릇을 날랐다.

행패를 부렸었던 이찰이 주모인 서상의 부인으로부터 호통을 들었다.

"마⋯많습니다⋯⋯."

"많기는 뭐가 많아. 저기 들린 그릇은 안 보여? 세 그릇 네 그릇씩 들어서 뭘 어쩌겠다는 거야? 한 번에 일곱 여덟 그릇이 들어야 빨리 치우고 손님을 받을 거 아냐? 이대로 해서야 변상이 되겠어?"

"⋯⋯."

"왜 말이 없어? 설마, 불만인 것은 아니지?"

"그…그것은 아닙니다만……."

"그러면 여러 그릇씩 날라야지! 아까 전처럼 떨어트려서 깨트리지 말고!"

"……."

"다시 그릇을 깨먹으면 변상을 물을 거야! 알겠어?"

"예……."

"어서 옮겨! 어휴, 답답해서야, 원!"

주모의 호통을 들으면서 머리를 숙이고 시선을 깔 수밖에 없었다.

주막 주위에 고려 군사들이 지키고 있었고, 그들은 마치 적을 경계하듯 이찰과 주막에서 일하는 호위무사들을 감시하고 있었다.

허튼 짓을 벌이면 언제든지 뛰어들 수 있었다.

다시 서상의 부인인 주모가 언성을 높였다.

"거기가 아니고, 저기라니까!"

그녀의 가리킴을 따라 황급히 호위무사들이 움직였다.

그리고 비워진 그릇들이 한꺼번에 치워졌다.

그렇게 주인장인 서상이 아닌 부인이 주막을 살필 때였다.

서상은 잠시 밖에 나가 있었고, 신시가 되었을 무렵에 돌아왔다.

지아비인 서상이 돌아오자 주모가 그 앞으로 가서 물었다.

"여보, 사실이에요?"

서상이 나가기 전에 들었던 소문이 있었다.

돌아온 아비를 보고 그릇을 치우던 서미가 앞으로 다가왔다.

손님들이 많이 빠진 상태에서 이찰과 호위무사들에게 그릇을 치우는 일을 온전히 맡겨 놓았다.

그리고 부인인 주모와 서미 앞에서 군영에서 들은 이야기를 알려줬다.

"사실이야."

"그러면⋯⋯."

"장군님께서 출전하실 거야. 금릉의 백성들이 위기에 빠졌다고 하니까. 거짓말을 하는 황실과 태후에게 맞서서 일어섰는데, 장군님께 지원군을 보내달라고 요청을 했어. 그리고 장군님께서⋯⋯."

딸과 식구들을 지켜준 은인이었다.

그런 은인이 삶과 죽음이 교차하는 전장으로 향한다는 사실에 마음이 편치 않았다.

말끝을 흐리면서 근심했고, 고려군을 통해서 해남도 밖의 정세를 깨달았다.

당 황제가 거짓말을 했고 태후가 폭정을 얼마나 심하게

벌였는지 알고 있었다.

은인인 고려의 상장군이라면 능히 그들을 응징할 수 있을 것이라고 생각했다.

그러면서도 근심했다.

이야기를 듣고 있던 서미가 아비에게 물었다.

"가시면 전쟁에 참전하시는 거죠?"

"그래."

"그러면 언제 돌아오실지……."

"돌아오시지 않으실 수 있어. 전쟁이 얼마나 길어질지 알 수 없으니까. 그리고 장군님은 해남도 사람이 아니잖니."

"네……."

"아마도 끝나면 고려로 돌아가실 거야. 그러니까 우리는 장군님께서 무사하시길 빌면 돼. 그러니까……."

서상이 여식에게 말했다.

그때 부인인 주모가 말했다.

"보답이라도 해드려야 하지 않을까요?"

"보답?"

"정말로 떠나실 수 있잖아요. 그러니까 가시기 전에 장군님께……."

서미가 나서면서 말했다.

"승전을 기원하는 선물이라도 드려야 하지 않을까요?

정말로 떠나신다면 선물을 드려서 마음을 전해드리는 것
도 나쁘지 않을 것 같아요. 그래서…….”

여식의 의견에 서상이 동의했다.

“네 말이 맞다. 출전하시기 전에 선물을 받으신다면 장
군님께서 기뻐하길 것 같구나.”

“예. 아버지.”

“그러면 어떤 선물을 드려야겠니? 장군님 마음에 드실
만한 선물이라면…….”

다시 부인인 주모가 이야기 했다.

“우리 주막의 생선 요리를 즐겨 드셨는데, 그것을 드리
면 되지 않을까요?”

“생선 요리라고?”

“장군님께서 매우 좋아하셨잖아요. 그리고 가시는 동안
드실 수 있도록, 말린 고기를 드리면 좋아하실 거예요.”

부인의 이야기를 듣고 서상이 곰곰이 생각했다.

그리고 고개를 끄덕이면서 동의를 표했을 때 서미가 말
했다.

“제가 다녀오겠습니다. 아버지.”

“네가 말이냐?”

“예. 아버지. 가서, 장군님을 뵙고 선물을 드릴게요.”

여식의 말에 한 번 더 서상이 고개를 끄덕였다.

“그래. 네가 다녀 오거라. 아비와 어미는 주막을 살펴야

62

되니까 말이다. 부디, 장군님께 감사했다는 말씀 좀 전해 주거라."

"예. 아버지."

고려 상장군이 좋아할 수 있는 요리를 선물로 올리려고 했다.

선상에서는 따뜻한 음식을 먹기가 쉬운 일이 아니었다.

때문에 미리 출전하기 전에 든든히 먹어둬야 했다.

부인의 말대로 상장군이 좋아하던 생선 요리가 선물이 될 것 같았다.

그렇게 요리를 준비했고 말린 생선을 준비할 때였다.

출전을 준비하는 수영에서 남방원정구의 세 장수가 모였다.

창운과 안련과 계백이 수영의 지휘 군막에 모여서 이야기 했다.

철창을 군막 입구에 세운 창운이 안련에게 물었다.

"연락선은? 뭐, 대만에서도 보냈겠지만, 우리도 따로 보고를 올렸지?"

"예. 형님."

"허면, 열흘 뒤에 평양으로 보고가 전해지고, 큰 형님께는 시일이 좀 더 지나서 이곳의 소식이 전해지겠군. 저 먼 북쪽에 계시니까 말이야."

"하지만 미리 준비를 해두셨습니다. 당나라로 돌아간 장손무기와 이적이 도움을 요청하면 도우라 하셨으니까 말입니다. 그리고 동맹들에게도 이런 일이 생길 것이라고 미리 사신을 통해서 알리셨습니다."

"하긴. 그래서 동맹회를 세우셨으니까."

"이번 전쟁은 침공전이 아닌 방어전입니다. 백성을 위해서 싸우는 자들을 돕는 것이고, 요청을 받아서 싸우는 것이니까 말입니다. 그리고 정의가 달린 일이기에 함께 싸워야 됩니다. 하지만 동맹들이 반드시 싸워야 되는 이유가 따로 있습니다."

말미에 계백이 묵직한 음성으로 물었다.

"반드시 싸워야 되는 이유라니, 어떤 이유를 말이오?"

계백의 물음에 안련이 미소 지으면서 대답했다.

"고토를 회복할 수 있는 기회를 말이오. 그리고 복수를 펼칠 수 있는 좋은 기회요."

"……."

"토번과 진랍은 말 할 필요도 없고, 스리비자야와 아이누에게도 각각 해남도와 교주를 잇는 이권 확보와, 반군을 도움으로서 장강의 이권을 얻는 이유가 주어져 있소. 대만에게는 안위를 구하는 일이기도 하고 말이오. 때문에 반드시 참전해야 되오."

설명 끝에 안련이 한 번 더 정리해서 말했다.

64

"큰 나무가 쓰러지면 바닥에 떨어지는 열매도 많은 법이오."

그 말을 듣고 계백이 고개를 끄덕이면서 이해를 나타냈다.

싸워야 되는 이유와 명분이 확실했다.

때문에 동맹끼리 맺은 맹약이 지켜질 수밖에 없었다.

함께 이야기를 들은 창운이 동맹의 참전을 기대하면서 창운에게 말했다.

"동맹들에게도 연락선을 띄워. 그래도 우리가 가까이에 있으니까."

"예. 형님."

"연락해서 군을 얼마나 파병할 것인지, 어디로 진격할 것인지를 물어. 그렇게 해서 평양에 알려줘야 돼. 그래야 우리도 진격 방향을 정할 수 있으니까. 그리고……."

명령하던 중에 계백을 봤다.

"일단 해병 1사단만 금릉으로 향하지."

"흑룡 부대는 남습니까?"

"일단 해남도부터 지켜야 되니까. 그리고 진랍이 출전을 결정하면 돕도록 해. 어떻게 싸울지는 수군장과 논의해서 잘 결정하고."

"예!"

"방심하지만 않으면 우리가 이길 거야. 적을 우습게 여기지만 않는다면 말이지. 그리고 해병 2사단장이라면 충분히 그렇게 해 줄 것이라고 믿어."

계백에 대한 신뢰를 창운이 드러냈다.

상관의 신임을 얻은 계백이 머릴 숙이면서 부응하리라고 말했다.

"상장군께서 믿어주심에 실망시켜드리지 않겠습니다."

창운을 위한 것이 아닌 고려를 위한 것이었다.

그리고 고려를 위하는 것은 온 백성을 위한 것이었다.

그 안에 계백의 유일한 바람이 있었다.

계백의 어깨를 창운이 두드려주면서 격려했다.

그때 군막 안으로 선혜가 들어와서 보고를 올렸다.

"장군. 출전 준비가 끝났습니다."

"그래."

"그리고 상장군을 뵙길 청하는 해남도 주민이 있습니다."

안련이 선혜의 보고를 받고 이어 창운이 보고를 받았다.

"해남도 주민이라고?"

선혜의 보고에 창운이 반문했고 대답을 들었다.

"상장군께 선물을 드리고 싶다는 말을 전해달라고 청했습니다. 지금 군영 문 앞에……."

여인이라는 말에 창운이 미간을 좁혔다.

그리고 곰곰이 생각하다가 발걸음을 옮겼다.

안련이 따라 움직이자 창운이 그를 말렸다.

"먼저 승선해서 군사들을 살펴. 나는 부장과 함께 가 볼 테니까. 돌아올 때까지 마지막으로 확인해."

"알겠습니다. 형님."

출전 준비 마무리를 안련에게 맡겼다.

명을 받은 안련이 머릴 숙였고 군막 밖으로 향한 창운이 부장을 불렀다.

그리고 군영 앞에서 그를 만나고자 하는 주민을 보게 됐다.

그가 누구인지 창운이 알고 있었다.

전과 달리 화장을 곱게 한 상태였다.

때문에 어떤 미녀도 견주기 힘든 미색을 지니고 있었다.

그녀와 창운의 시선이 마주했다.

금릉으로 출전하다

한 번 보았던 얼굴이 잊히지 않았다.

그것은 특별하게 경험한 일 때문일 수도 있었다.

하지만 사람 자체에 대한 특별함 때문일 수도 있었다.

서미의 얼굴을 창운이 기억하고 있었고, 그녀의 미색이 조금 달라졌다는 것을 깨달았다.

'화장한 것인가……?'

부모를 도와 주막 일을 돕던 수수한 얼굴에 기품이 깃들었다.

얼굴에 아무 것도 없었을 때도 고왔지만, 분과 연지로 인해 그저 아름답다는 생각부터 먼저 일어났다.

때문에 수수한 옷차림도 아름답게 보였다.

비단옷이었지만 단정했고, 그래서 더욱 마음에 들었다.

군영까지 찾아온 소미가 창운을 향해서 머릴 숙였다.

"출전하신다는 이야기를 들었습니다. 혹, 제가 바쁘신 장군님께 폐를 끼친 것은 아닌지요."

매우 조심스럽게 이야기 했다.

그런 서미를 보면서 창운이 피식하면서 웃었다.

"아니. 괜찮소. 약간의 시간 정도라면 얼마든지 내어줄 수 있소. 내게 용무가 있어서 왔다고 들었는데, 어떤 용무요?"

서미에게 물으면서 그녀 뒤에 서 있는 자들을 보았다.

전날에 주막에서 난동을 부렸던 자들이 서 있었다.

이찰과 호위무사들이 있었고 그들의 손에 말린 고기들이 잔뜩 들려 있었다.

그것을 보고 창운이 의아해했다.

서미를 지키는 군사들을 보고 그들이 주막을 지키던 군사들임을 알아차렸다.

그리고 다시 서미를 봤다.

그녀가 머리를 숙인 채 우물쭈물 하는 모습을 보였다.

얼굴을 붉힌 채 뭔가 할 말이 있었지만 말하지 못했다.

그 말이 무엇인지 알 수 없었다.

다만 그녀의 손에 들린 것을 볼 뿐이었다.

"그것은 무엇이오? 뭔가 맛있는 냄새가 솔솔 나는데."

들린 것에 대해서 물었고, 고개를 든 서미가 다시 조심스럽게 말했다.

"이것은 선물입니다. 장군님."

"선물이라고?"

"백성들을 구하기 위해서 출전하신다는 소식을 듣고, 떠나시기 전에 장군님께 따뜻한 음식이라도 드리고 싶어서… 은혜에 보답해드리고 싶어서……."

무엇 때문에 찾아왔는지 그제야 알게 됐다.

깨달음을 얻은 표정을 지었다가 그녀와 함께 온 이찰과 호위무사들을 보고 그들의 손에 들린 것도 알게 됐다.

전부 자신을 위한 선물이었고 전날에 있었던 일에 대한 보답이라는 것을 알게 됐다.

그 사실을 깨닫고 미소 지었다.

서미가 들고 있던 그릇을 건네받고 위에 덮은 천을 벗기자 전날에 맛있게 먹었던 생선 요리가 나왔다.

즉시 따라온 부장에게 명을 내렸다.

"식탁과 의자 두 개를 가져 와라. 드린 선물을 제대로 받아야 되니까."

"예. 상장군."

부장이 속히 지시를 내렸다.

그리고 식탁과 두 개의 의자가 준비되자, 그 자리에 앉아서 그릇을 놓고 생선 요리를 먹었다.

가지고 온 밥도 함께 먹으면서 감탄을 일으켰다.

"역시!"

맞은 편 의자에 앉은 서미가 만족해하는 창운을 보면서 마음 놓았다.

그리고 생선뼈만 그릇 위에 남겨지자 그것을 챙겨서 가려고 했다.

그런 서미의 손길을 창운이 직접 붙들면서 막았다.

"씻어 줄 테니, 굳이 수고하지 않아도 되오. 내가 출전한다고 해서 이곳의 모든 군사들이 떠나는 것은 아니요. 명을 내려서 세척한 후에 주막으로 보내겠소."

창운의 이야기를 듣고 일어섰던 서미가 머릴 숙였다.

"감사합니다. 장군님."

그리고 창운에게 마지막 인사를 전했다.

"부디, 승전을 소망합니다. 그리고 장군님께서 무사하시기를 소원합니다. 전쟁이 끝날 때까지 소녀의 부모님도 함께 빌 것입니다."

무운과 천행을 비는 서미의 말에 창운이 감사를 전했다.

"고맙소. 전장에서 대승을 거둔다면, 금일 먹은 이 요리와 서 주인장과 낭자의 마음 때문일 거요. 힘내서 백성들을 지키겠소."

"네. 장군님. 그리고…….."

"그리고?"

"……."

창운에게 뭔가 말하려다가 서미가 말끝을 흐렸다.

그녀의 행동에 창운이 궁금히 여겼다.

그리고 물었다.

"방금 할 말이 있었던 것 같은데, 말해도 되오."

말해도 괜찮다고 이야기 했다.

그 말에 서미가 고민하다가 창운을 올려다보면서 이야기 했다.

"저… 혹시, 전쟁이 끝나면 고려로 돌아가십니까?"

얼굴을 붉히면서 창운에게 물었다.

그리고 뭔가 바라지 않는 듯한 표정을 지으면서 물었다.

서미의 물음에 창운이 멈칫했다가 고개를 끄덕였다.

"돌아갈 것 같소. 일단은 말이오."

"일단이라는 말씀은…….."

"해남도에 다시 돌아올 수 있소. 전쟁이 끝난다면 말이오. 나라 사정이 어떻게 될지 모르겠지만, 내가 원한다면 폐하께 청해서 올 수도 있소. 그리고 오게 되면…….."

창운이 말끝을 흐렸다.

선물을 가지고 온 서미의 시선이 눈동자 속으로 파고들었다.

그녀의 시선을 느끼면서 창운이 혹시나 하는 생각을 가졌다.

'정말로 내게 마음이 있나?'

안련이 했었던 말을 기억했다.

천하 여인들이 원하는 사내를 앞에 두고도 시선을 두지 않았다.

그랬던 서미의 행동을 기억했다.

그리고 자신에게도 가능성이 주어졌다는 것을 깨달았다.

그것은 가정을 이룰 수 있는 가능성이었다.

살면서 여인을 만나 연정을 주고받을 일이 없을 것이라고 생각했었다.

그랬던 시간들이 지나고 있었다.

"기다려주시오. 해남도로 돌아올 테니. 그리고 돌아오면 그때 보도록 하오. 만나서 이야기를 나눌 수 있으면 좋겠소."

창운의 말에 서미가 환하게 웃었다.

"네. 장군님."

환하게 웃고 머릴 숙였다.

그런 서미에게 창운 또한 머릴 숙이면서 정중히 인사했다.

그리고 부장에게 말해 이찰과 그의 호위무사들이 들고

있던 고기들을 거두게 했다.

선물로 받은 고기를 천호장들과 선장에게 나눠주려고 했다.

그렇게 수영 안으로 들어갔다.

창운을 만난 서미가 포구가 잘 보이는 뒷산에 올라 백성들과 함께 고려군의 출전을 구경했다.

갑옷을 입은 창운이 판옥선 대장선 위에 올랐다.

안련과 함께 대해를 바라보는 가운데 출전 명령을 내렸다.

"가자. 출전이다."

"예. 상장군."

안련이 답하면서 선혜에게 명을 내렸다.

"출전이다. 전 함대에 출전 명령을 하달해라."

"예! 어르신!"

안련의 명을 선혜가 받들었다.

그리고 선장과 군관들에게 지시를 전하자, 이내 대장선의 깃대로 출전을 알리는 깃발이 높게 걸렸다.

둥! 둥! 하는 소리와 함께 북소리가 크게 울려 퍼졌다.

각 전선에서 함성이 크게 일어났다.

"출전이다!"

"노를 저어라!"

"대고려국 만세!"

"만세! 와아아아아!"

"와아!"

선원과 호위무사들이 크게 소리쳤다.

전의를 북돋우면서 일사분란하게 움직였다.

그리고 좁은 포구에 있던 전선들이 대해로 빠르게 나가면서 돛을 펼쳤다.

포구와 마을과 언덕산 위에서 지켜보던 해남도 주민들이 서로 이야기 했다.

"정말로 출전이네."

"그러게 말이야."

"정말 고려는 당나라와 다른 것 같아. 우리가 한때 당나라 백성인 적도 있었지만 당의 관리보다 고려 장수와 군관들이 훨씬 나아."

"고려 상장군의 외모가 조금 험했지만 마음은 따뜻했어."

창운에 대한 미담을 주고받고 있었다.

손재주가 뛰어난 사람이었기에 때론 군사들을 이끌고 와서 백성들이 집을 잘 지을 수 있도록 거중기 같은 기물을 만들어 주기도 했다.

혹은 수차나 풍차 같은 것도 만들어주면서 논에 물을 잘 댈 수 있도록 도와주고, 고려에서 가지고 온 밀을 빻을 수 있게 해줬다.

때문에 당나라의 지배를 받을 때보다 훨씬 풍족한 생활을 얻게 됐다.

고려 상장군과 함께 했던 기억을 떠올리면서 그의 무운을 기원했다.

"이기겠지?"

"이길 거야. 고려의 장군님이시니까. 그리고 고려의 동맹들이 함께할 거야."

진랍과 스리비자야에 고려군의 출전 사실이 알려졌다.

소수 군사들이었지만 해남도에 주둔하고 있었고, 이내 군사들이 경계하면서 함께 당나라에 맞설 준비를 하고 있었다.

결코 지지 않을, 그리고 져서도 안 될 전쟁이었다.

거짓의 역리를 백성을 위하는 순리로 상대하고자 했다.

남방에서 전화의 불길이 타오르는 동안, 하늘의 뜻이 북쪽에 머무르고 있었다.

기병으로 구성된 고려의 서북원정군이 거란으로부터 가까운 철륵의 땅에 이르렀다.

그곳은 '백습'이라 불리는 부족의 땅이었고, 영주 성 북서쪽에 위치한 곳이었다.

가장 가까운 철륵이었지만 그럼에도 수백 리 길을 지나

야 도달할 수 있는 곳이었다.

결코 도보로는 이를 수 없는 곳이었다.

그런 곳에서 유목과 농업을 이루며 터전을 일구는 주민들이 있었다.

그리고 말 탄 전사들이 함께 주민들을 지켜보고 있었다.

서로는 한 핏줄이 아닌 서로 다른 족속이었다.

그럼에도 적대하지 않았다.

주민들은 전사들을 손님으로 맞이했고.

전사들은 추장의 지시를 받고 주민들에게 폐를 끼치지 않으려고 했다.

그저 멀리서 군영을 꾸리고 주민들을 살필 뿐이었다.

속말 전사들이 말 먹이는 주민들을 보면서 이야기 했다.

"거란과 접해서 핏줄도 같은 철륵이라는데 싸우지 않아서 다행이야."

"그러니까."

"설마, 용호대장께서 백습과 인연이 있으실 줄은 몰랐어. 덕분에 당에서 파견된 관리도 사로잡았고 말이지."

"······."

"이렇게 손님 대접을 받으면서 머무르게 될 줄은 상상하지 못했어."

주민들을 보면서 그동안 들었던 것에 대해서 이야기 했다.

불과 몇 해 전만 하더라도 당나라는 고려를 능가하는 대국이었다.

그리고 주위 거란과 철륵 복속 시키고 돌궐을 무너뜨렸던 군사 강국이었다.

때문에 백습도 그 영향에서 벗어날 수 없었다.

당나라 관리가 파견되어 있었고 당 조정의 지시를 받아왔다.

하지만 속말 전사들을 필두로 한 고려군이 오자, 즉시 당나라 관리를 사로잡아서 넘겨 버렸다.

그때의 순간을 기억하고 있었다.

그리고 군영에서 머물면서 밖으로 향한 천군과 용호대 등을 기다리고 있었다.

그들과 상태왕이 함께 움직였다.

속말군과 함께 움직인 개마대가 군영에 함께 머물렀다.

그들을 걸사비우가 이끌고 있었고, 부장인 부철에게 형의 소식이 있는지 물었다.

"형으로부터 온 소식이 있어? 전령이 오거나 하지는 않았어?"

상관이자 추장의 물음을 듣고 부철이 고개를 가로저었다.

"없습니다."

"아직?"

"예. 장군."

"오래 걸리네. 정오 즘에 돌아온다고 했었는데… 아, 배고파…….."

'꼬르륵~' 하는 소리가 뱃속에서 울려 퍼졌다.

허기가 지면서 걸사비우의 눈이 풀려 버렸다.

그런 걸사비우를 보면서 부철이 시각을 알렸다.

"아직 정오가 되려면 멀었습니다."

"배가 이렇게나 고픈데……?"

"그거야, 장군의 배꼽시계가 빨라서 그런 겁니다. 폐하와 대장군께서 오시려면 좀 더 시간이 걸립니다."

부철의 말에 걸사비우가 인상을 썼다.

아니 얼굴이 새파랗게 질리고 있었다.

허기가 뱃가죽 너머로 튀어나올 것 같았고, 눈앞의 풍경들이 흔들리고 있었다.

결국, 생존을 위한 결단내야 했다.

"못 참겠어. 먼저 식사를 해야 할 것 같아. 나 먼저 밥 먹을게……."

돌아서서 군막으로 향했고 그 모습을 보고 부철이 고개를 절레절레 흔들었다.

전사들은 상태왕과 대장군인 천군이 올 때까지 기다려야 했다.

군영을 나간 사람들이 돌아오기를 기다렸다.

그리고 밖으로 나간 두 사람과 용호대는 특별한 장소로
향한 온연수를 따랐다.

초원과 광야의 경계에 숲이 있었다.

침엽이 무성한 소나무 숲 사이에, 금 잎을 떨어트리는 은
행나무가 있었다.

가을이 되면 나무 주위 땅이 온통 노란색이라 금방 찾을
수 있는 곳이었다.

그런 나무 앞에서 인기척이 일어났다.

허리에 긴 검을 찬 자가 서서 아련한 시선으로 나무를 아
래위로 훑었다.

그는 여인이었고 장검의 무게를 감당하는 자였다.

은행나무 앞에 이른 온연수가 눈을 감으면서 지난 기억
속에 잠겼다.

검을 들었을 때의 순간을 기억했다.

아니, 훨씬 이전의 기억을 떠올렸다.

은행나무 아래에 그녀의 깊은 의지를 품어준 자가 묻혀
있었다.

그에 관한 것들을 전부 떠올리고 있었다.

숲이 매우 고요했다.

온연수가 스승을 기억하다

아버지처럼 되고 싶었다.

그리고 나라와 백성을 지키는 장수이고 싶었다.

그런 의지와 실력을 함께 가진 사람에게 찾아가서 의견을 구했었다.

"제게 무예를 배우고 싶다고요?"

"예. 합하……."

"아녀자가 무예라니……."

"아녀자라도 전시엔 무기를 드는 법입니다. 집에서 쓰는 칼이든 성벽 위의 돌이든지 말입니다. 안시성에서 온 백성이 싸워서 당 황제를 물리쳤습니다. 그러니, 저도 싸울 수 있습니다."

고려에서 가장 강한 사내였다.

그렇게 알았다.

고려를 수호하는 대막리지에게 찾아가서 무예를 가르쳐 달라고 간청했었다.

그리고 그로부터 대답을 들었다.

"의지를 보니 쉽게 포기하지 않겠군요. 그리고 온사문의 기운도 함께 가졌으니 재능이 있을 겁니다. 하지만 나는 잘 싸워도 가르쳐 주는 것을 잘 못합니다. 이유인 즉, 나는 재능으로 무예를 익혔기 때문입니다. 때문에 노력으로 강함을 얻은 자를 알려주겠습니다. 그 사람이 나보다 강한 사람입니다."

가르치는 것을 거부했고 자신보다 강한 자가 있음을 대막리지가 알렸다.

그땐 그 말이 믿어지지 않았다.

고려에서 대막리지보다 강한 사람은 없을 것이라고 여겼다.

의례적으로 하는 말이었고 청을 거부하기 위해서 하는 말이라고 생각했었다.

하지만 스승이 되어줄 자가 있는 곳을 알려주면서 그 말들이 진짜라는 것을 알게 됐다.

태백산 깊은 숲속의 오두막이었다.

그곳에서 스승을 만났다.

"내게서 무예를 배우라고 합하께서 말씀 하셨다고?"

"예, 어르신. 합하께 무예를 가르쳐 달라고 청했사온데, 어르신으로부터 배움을 구하는 것이 훨씬 잘 배울 수 있다고 말씀하셔서 그래서……."

"……."

처음 스승을 만났을 때는 그의 안색이 몹시 어둡다는 느낌을 받았다.

그는 세상과 단절한 사람이었고 어떤 이와도 관여치 않으려고 했었다.

"결국, 처음부터 알고 있었다는 이야기로군. 내가 이곳에 있었다는 것을 말이다. 나는 제자를 두지 않는다. 돌아가서 합하께 전해라. 날 이 세상에 존재하는 사람으로 여기지 말라고 말이다. 나는 이미 죽은 사람이다."

자신은 불청객이었다.

하지만 포기하지 않았다.

"부디 가르쳐 주십시오."

"무엇을 위해서?"

"백성을 위해서입니다. 백성을 지키기 위해 힘이 필요합니다."

"……."

"그러니 부디 싸울 수 있도록 무예를 가르쳐 주십시오.

당나라가 강해지고 있습니다. 이젠 아녀자도 무기를 들고
싸워야 됩니다. 그래야 이 나라가 살아남을 수 있습니다.
어르신!"

세상과 단절해도 들려오는 이야기가 있었다.

그 이야기는 당나라의 국운이 치솟고 있다는 소식이었
다.

그리고 고려는 여전히 전쟁의 흉터에서 벗어나지 못했
다.

눈을 감으면서 생각하면 여인조차 무기를 들어야 나라를
지킬 수 있었다.

아니, 그렇게 해서라도 장담할 수 없었다.

필사적으로 싸워야 했고 그래야 나라가 지켜질 수 있었
다.

그렇게 간절한 바람을 전했고 스승이 되어줄 자는 응답
하지 않았다.

그저 말없이 발걸음을 옮기면서 짐을 꾸릴 뿐이었다.

세상의 시선이 닿지 않는 더욱 먼 곳으로 향했다.

그리고 포기하지 않고 그를 따라갔다.

초원길이었다.

"어째서 따라오는 것이냐?"

"무예를 배우고 싶습니다."

"아직, 포기하지 않은 것이냐?"

"포기할 수 없습니다…….."

"아녀자 치고 의지는 강하군."

"꼭 어르신으로부터 무예를 배울 것입니다… 반드시 무예를 익혀서 백성을 지킬 겁니다… 어르신께서 가르쳐 주실 때까지 포기할 수 없습니다…….."

입이 메말라 갔다.

다시 의지를 새기면서 스승이 되어주길 바라는 자에게 말했다.

그러자 그가 돌아서면서 물었다.

"백성을 지켜야 하는 것이 도리어 백성을 죽이는 것이라면?"

"예……?"

"백성을 죽여야 백성을 구할 수 있다면 그땐 어쩔 것이냐? 당군을 물리치고 백성을 지키는 것은 백 번 지당하다. 하지만 현실이 그토록 쉽게 펼쳐지더냐?"

"그것은…….."

"너는 세상을 모른다. 그러니 아녀자인 것이다. 무예를 익혔다 한들, 백성을 지키기 위해서 죽여야 한다면……!"

마치 토혈하듯 한을 뱉었다.

그의 질문을 받고 한 사람의 가르침을 떠올렸다.

"그래도 살려야 됩니다."

"누구를?!"

"백성입니다."

"뭐?"

"선택의 여지가 없는 상황이라면, 그나마 희생을 줄일 수 있는 길을 택해야 됩니다. 한 사람을 죽여서 백 명을 살릴 수 있다면 마땅히 그래야 합니다. 세상에서 모든 사람을 살릴 수 있는 길은 없다고 들었습니다. 그저 최대한 많이 살릴 뿐입니다."

대답을 듣고 그가 되물었다.

"누가 그 말을 하였더냐?"

"제 아버지이십니다."

"네 아버지가 누구더냐?"

"온사문 장군이십니다."

"온사문……?"

"세상에 의인은 없으니 죄 가운데서 최선을 행한다 하셨습니다. 그것이 그나마 정의에 가깝다고 가르침을 주셨습니다."

"……."

"저는 죄인이 될 것입니다. 그 길이 피로 가득 채워져 있더라도 말입니다. 제 아버지께서 걸으셨던 길을 저 또한 걸을 것입니다."

마지막 대답에 그의 목소리가 지워졌다.

반문이나 반박을 하지 않고 그저 가만히 볼 뿐이었다.

그러다 작은 언덕 너머에서 일어나는 소리를 들었다.

"이럇! 핫!"

"남자는 모두 죽이고 여자들을 취해라!"

"꺄악!"

언덕 위에서 비명 소리를 들었다.

언덕 아래 작은 부락이 냇물 옆에 있었고, 말 탄 야인들이 소리를 일으키면서 부락을 습격했었다.

칼로 남자들의 목을 베고 화살로 도망치는 남자아이를 죽였다.

잔혹한 풍경을 보면서 온몸이 굳었었다.

하지만 이내 두 발에 용기를 불어넣으면서 앞으로 달렸다.

'구해야 돼!'

죽임을 당하는 사람들을 구하려 했다.

비록 야인들이 야인을 습격하여 고려와 상관없는 일이었지만, 힘없는 사람들이 죽었고, 특히 아이들이 죽임을 당했다.

그 상황을 그저 가만히 두고 볼 수 없었다.

부락으로 달려가서 죽은 전사의 칼을 들었다.

"크윽!"

무거웠다.

도망치는 아이를 붙들면서 지키려고 했다.

그때 아이에게 화살이 날아들었고, 놀라서 큰 칼을 세웠다가 엉겁결에 막았다.

미끄러진 화살이 어깨의 살을 스치면서 고통을 줬다.

"으윽!"

이를 지켜본 야인들이 휘파람을 불며 비웃었다.

"운이 좋군!"

"그런데 뭐야? 저 여자 옷차림이 이상한데?"

"아까 전에 보니까, 저기 언덕 위에 서 있던 여자였어. 우리가 집을 턴다고 달려왔나 봐."

"멍청하군, 끌끌~ 그러니까 백습의 여자지. 저 멍청한 여자는 내 것이니까 건드리지 마라."

"알겠어. 대신, 나중에 나도 맛보게 해 줘."

알아들을 수 없는 야인들의 말이었다.

하지만 그들이 흉한 이야기를 한다는 것을 알았다.

그중 한 사람이 기수를 맞추고 달려오자, 옆구리에 품은 아이를 지키기 위해서 다시 큰 칼을 들었다.

"으윽······!"

겨우 들린 칼이 덜덜 떨렸다.

달려오는 야인을 막아낼 수 있을 것 같지 않았다.

야인이 달려오면서 창을 들었고, 그 창에 자신의 온 생명이 질 것 같은 느낌을 받았다.

눈을 질끈 감으면서 두려움에 패했다.

무기를 놓고 그저 아이를 감싸 안았다.

그때 곁에서 바람이 크게 일어났다.

훙!

모든 것을 베어버리는 날카로운 바람이었다.

바람이 일어난 후에 살인을 즐기던 야인들의 행동이 전부 멈췄다.

"헉?!"

"뭐야?!"

"저 자식이 부타에를 단칼에 죽였어!"

"세상에! 비…빛이……?!"

탄성과 경악이 터져 나왔다.

그 소리를 듣고 자신이 살아 있다는 것을 깨달았다.

감싸 안은 아이를 풀어주면서 돌아봤으니, 대막리지보다 강하다는 자의 실체를 목격하게 됐다.

그가 검을 뽑고 빛을 내고 있었다.

금색의 기운이 뿌려지면서 검에 새겨진 검명도 빛났다.

'곡산'이라는 검명이 뚜렷이 새겨져 있었다.

그가 결단하면서 알려줬다.

"죄인이 될 각오가 되었다면 가르쳐 주마. 그리고 금일 벌인 네 행동을 잊지 마라. 잊는 순간 너는 나와 같은 길을 걸을 것이다. 네 아비의 길이 아니고 말이다. 이를 유념한다면 내가 너의 스승이 되어주마!"

생명을 걸면서 그의 제자가 되었다.

금빛으로 빛나는 검에 폭풍이 크게 일어났고, 그 뒤로 부락을 습격했던 야인들의 피만이 뿌려졌다.

"아아악!"

비명 소리가 귓속으로 파고들었다.

또한 스승의 가르침이 가슴으로 파고들었다.

살인을 통해서 수호를 이루는 것을 부정하지 않았다.

그 후로 그의 제자가 되었고 짧은 시간동안 많은 것을 배웠다.

아니, 모든 것을 배웠다.

그래야만 했다.

부족민들이 지어준 한 천막이 집이 되었고, 그곳에서 스승이 되어준 이가 숨을 가쁘게 쉬었다.

끌어낼 수 있는 모든 기운을 모아서 스승은 말했었다.

"아쉽구나… 2년… 아니, 1년만 더 있었다면 너에게 새로운 경지를 알려줬을 텐데…….."

"아닙니다. 스승님… 쾌차하실 수 있습니다…….."

"아니… 내 몸은 내가 더 잘 안다… 반년 전부터 내 몸에 문제가 생겼다는 것을 알았다… 더 이상 기운을 모을 수 없었으니까…….."

"스승님…….."

"하지만 수련법을 전부 알려줬으니… 네가 정진만 잘하면 언젠가 새 경지에 이를 것이다… 너만큼 재능이 넘치는 아이도 없었으니까 말이다… 그러니, 앞으로도 최선을 다해서 단련해라…….."

"예, 스승님…….."

"내가 지키지 못한 백성들을… 네가 꼭 지켜주길 바란다… 힘없는 여자와 아이들까지 해서 말이다… 죄악이 가득한 세상에서도 오직 최선을 찾아서 행하거라…….."

"명심, 또 명심하겠습니다. 스승님…….."

"네 아비에게… 안부를 전해주거라…….."

"네…….."

"…….."

"스승님…? 스승님…?! 스승님! 스승님!"

"…….."

"스승님!"

누구도 당해내지 못할 것 같았던 강자였다.

그랬던 이가 여느 노인처럼 근력을 잃고 기운마저도 잃었다.

천하를 뒤엎고도 남을 기운이 땅에 떨어졌고, 숨을 거둔 스승의 신체를 붙잡고 슬피 울었다.

그로부터 며칠 동안 장례를 치렀었다.

스승으로부터 구함을 받았었던 백습 부족민들이 천막을

찾으면서 조의를 표했다.

화장으로 장례를 치르고 그의 뼛가루가 가장 아름다운 나무 아래에 뿌려졌다.

아비에게 안부를 전해달라는 부탁을 받았지만 부고로 인해서 전하지 못했었다.

어쩔 수 없는 일이었다.

그리고 두 배로 슬펐다.

하지만 그 후에 스승과 아버지가 바라던 일들이 고려에서 벌어졌다.

스승의 기운과 똑같은 색을 품은 나뭇잎이 머리 위로 떨어졌다.

마치, 스승이 머리를 쓰다듬어주는 듯했다.

귀에서 스승의 목소리가 울려 퍼지는 듯했다.

'애썼다…….'

눈물이 흘러내렸다.

흘러 내린지도 모르게 뚝뚝, 거리며 아래로 떨어졌다.

눈을 뜨고 잎을 떨어트리는 은행나무를 올려다봤고, 소매로 얼굴을 닦은 뒤 나무 주위 땅을 살폈다.

나무뿌리가 파인 곳은 없는지 확인했다.

그때 뒤에서 인기척이 났고 천군과 상태왕이 서 있는 것을 알게 됐다.

두 사람이 대원들과 함께 와 있었다.

앞으로 다가온 상태왕이 은행나무 아래와 위를 천천히 살폈다.

그 사이 천군이 대원들에게 명했다.

오락후가 백습에게 달려오다

미리 연수로부터 스승에 관한 이야기를 들었다.

금빛으로 물든 땅이 무엇을 뜻하는지 알고 있었다.

이내 연수를 대시해서 경호를 맡는 대원들에게 직접 명령을 내렸다.

"폐하는 나와 용호대장이 지킬 테니까, 용호대 부장은 숲 밖에서 수상한 자가 오지는 않는지 감시해."

"예. 대장군."

상온이 오성의 명을 받들며 곧바로 대원들에게 지시를 내렸다.

숲과 초원 사이에서 매복했다.

수상한 자들이 숲으로 오지 않는지 철저히 경계를 벌였다.

그리고 오성이 연수와 함께 상태왕을 지켰다.

은행나무 앞에 상태왕이 섰고, 그의 곁에 사면서 함께 나무를 올려다봤다.

이어 아래의 땅을 보았으니, 금색의 은행나무 잎으로 가득 태워져 있음을 보게 됐다.

나뭇잎들을 보면서 오성이 연수에게 물었다.

"여기가 스승님께서 묻히신 곳이야?"

"예. 대장군."

"내가 아는 사람인가? 혹시 존함을 알려줄 수 있겠어?"

연수에게 검술을 가르쳐 준 장본인이었다.

그리고 연수를 통해서 기를 쓰는 법을 배웠으니, 사실상 자신에게도 스승과 다를 바 없다고 오성이 생각했다.

그가 연수에게 묻자 고보장이 대신 답하면서 알려줬다.

"설태천이다."

"폐하께서 아십니까?"

"알 수밖에 없다. 영의정과 함께 당나라에 굴복한 자들을 쳐냈으니까 말이다. 영의정이 폐주를 상대하는 동안, 설태천은 폐주를 따랐던 군사들을 상대했다. 그리고……."

말끝을 흐리다가 결심한 듯이 오성에게 말했다.

"폐주의 식구를 살해했다."

"식구라면⋯⋯."

"처와 자녀들이다. 직접 어린아이들을 죽였으니 그 충격이 이루 말할 수 없을 테지. 그래서 짐이 태왕위에 올랐을 때 공신을 거부하고 신원을 감췄다. 태백산 근처에서 지낸다는 이야기를 들었는데, 설마 이곳에 있을 줄은 꿈에도 몰랐다. 그리고 설태천이 죽었다는 것도 상상하지 못했다."

"⋯⋯."

"그 자는 짐이 아는 무장 중에서 가장 강한 무장이다. 이제야 용호대장이 가진 무력이 이해된다."

상태왕인 고보장은 태왕 위에 올렸던 무장 중 한 사람이었다.

그는 영의정의 동지였고, 그 사실을 오성이 처음 알게 됐다.

역사 어디에서조차 알 수 없는 이름이었다.

'그런 위인이 있었을 줄이야. 하긴, 왕이 신하에게 죽었는데 자녀들이 살아남을 수는 없는 일이지. 그리고 손에 피 묻히는 일을 영의정 어르신께서 하셨다면 백성들이 그토록 따를 수도 없었겠지⋯ 어쩌면 민심을 잃는 것을 막기 위해서, 자처해서 피를 묻힌 것일 수도 있어.'

대업을 이뤄야 한다는 의지와 결단이 있었다.

하지만 그렇다고 해서 괴로움에서 벗어나는 일은 아니었다.

백성을 지키기 위해 수많은 백성들을 죽였다.

너무나 사랑하고 아끼는 나라이지만, 그래서 더욱 세상과 단절하려 했을 지도 몰랐다.

그의 마음이 이해되면서 안타까웠다.

연수가 스승의 진심을 두 사람에게 알려줬다.

"언제나 고려에 돌아가시기를 바라셨습니다. 하지만, 스승님께선 자신이 죄인이라고 생각하셔서……."

"……."

"원하는 것을 이루시지 않는 것이 속죄라 여기셨습니다. 그래서 이곳에서 마지막까지 계셨습니다."

스승에 관한 모든 것을 알게 됐다.

그리고 어째서 그가 역사에 기록되지 않았는지 알게 됐다.

모든 권세와 명예를 내려놓고 비운의 삶을 살았던 영웅이었다.

그런 자로부터 무예가 계승되고 있었다.

또한 그가 진정으로 바랐던 소망이 고보장에게 전해졌다.

미리 술을 준비했던 고보장이 뚜껑을 열고 은행나무 앞

에서 술을 부어내렸다.

마치 설태천에게 술을 따라주는 것 같았다.

그리고 그에게 말하듯이 고보장이 말했다.

"어떤 사람이건 간에 공이 있고 과가 있는 법이다. 둘 중 하나만 세상에 남긴 자는 어디에도 없으니, 공보다 과가 크면 실책이 많은 인물이고, 과보다 공이 크면 그는 공을 세운 인물이다. 그리고 짐이 여기기에 그대의 공은 매우 크다. 그러니 이제 속죄를 끝내고 돌아오라."

술을 따른 후에 뼛가루가 뿌려졌을 땅 한줌을 쥐었다.

그리고 소지하고 있던 비단 손수건 안에 담았으니, 그 수건을 묶어서 흙이 빠져 나가지 않도록 만들었다.

고보장이 직접 품에 넣으면서 연수에게 말했다.

"짐과 함께 돌아간다. 짐의 신하니까 말이다. 서북 교역로를 개척한 후에 함께 돌아갈 것이다."

그의 이야기를 듣고 연수가 머릴 숙이면서 눈물을 흘렸다.

"이제 저의 스승님도 편히 고려에 돌아갈 수 있을 것 같습니다. 감사합니다… 폐하……."

어깨가 떨릴 만큼 감정이 격해졌다.

흐느끼는 연수를 보면서 고보장이 미소 지었다.

그리고 오성과 시선을 주고받았으니, 그가 연인인 용호대장을 달랠 수 있도록 잠시 자리를 마련해줬다.

시간이 지나 연수가 마음을 진정 시키면서 미소를 되찾았다.

전보다 훨씬 환한 미소가 입가에 배어 있었다.

눈물을 닦아준 오성이 연수에게 말했다.

"스승님께서도 네가 자랑스러우실 거야. 당당히 이 나라의 장군이 되었으니까. 교역로를 열고 스승님과 함께 당당하게 돌아가는 거야."

"예… 대장군… 모든 것이 폐하와 대장군 덕분입니다."

두 사람에게 감사를 표했다.

연수의 감사를 듣고 오성이 피식하면서 미소 지었다.

머리를 쓰다듬어주고 싶었지만 그래도 공적인 자리였다.

어깨를 두드려주면서 격려했다.

그리고 돌아섰다.

상태왕과 함께 부락으로 돌아가려고 했다.

발을 떼는 순간 땅과 하늘에서 울림이 일어났다.

두두두두두……!

멀리서 들리는 소리였다.

그리고 그 소리가 점점 커져갔다.

소리를 듣고 고보장이 인상을 굳혔다.

이내 소리의 정체를 깨달으면서 오성에게 물었다.

"설마, 말들이 달리는 소리인가?"

그의 물음에 오성이 미간을 좁히면서 대답하려고 했다.

그때 세 사람이 있는 곳으로 상온이 돌아왔다.

"무슨 일이야?"

연수가 즉시 상온에게 물었고 급보를 받게 됐다.

"야인입니다!"

"야인?"

"수가 많습니다! 못해도 1만 명은 될 것 같습니다! 어디 놈들인지 모르겠지만, 깃발을 들어서 확인 중에 있습니다! 일단 대원들에게 경계령을 내렸습니다!"

보고를 듣고 연수도 인상을 굳혔다.

오성과 시선을 주고받은 후에 속히 걸음을 옮기면서 숲과 초원의 경계로 나섰다.

치혁과 남생을 조장들이 대원들과 함께 경계를 벌이고 있었다.

말들을 숲 안으로 숨겼고, 자세를 잔뜩 낮춘 상태에서 달려오는 야인들을 봤다.

연수가 오성으로부터 받았던 조준경을 들고 야인들이 든 깃발을 확인했다.

그리고 미간에 다시 힘이 들어갔다.

고보장이 연수에게 야인의 정체를 물었다.

"아는 놈들인가?"

조준경을 고보장에게 건네주면서 대답했다.

"오락후입니다."

"오락후?"

"백습 동북쪽에서 거주하는 야인들이온데 과거 돌궐에 속했던 족속입니다. 우리와 비슷한 까마귀 기를 드는 족속인데 좌측 편을 보시면 보실 수 있습니다."

"……."

"스승님께서 저와 함께 이곳에 계실 적엔 약탈이 없었지만, 오래 전에 주민들을 상대로 약탈을 벌였다고 들었습니다."

연수의 대답을 들으면서 오성의 조준경으로 달려오는 야인들을 보았다.

왼편에 나부끼는 깃발이 있었고, 삼족오와 비슷한 까마귀 문양이 새겨져 있는 것을 봤다.

그것을 통해 야인들의 정체를 깨닫고 그들의 목적을 짐작했다.

"백습을 약탈하려는 것이겠군."

"예. 폐하."

"짐과 우리 군을 환대해줬는데 반드시 지켜줘야 한다. 적장을 단번에 제압할 수 있겠는가?"

고보장이 묻자 세 사람이 동시에 대답했다.

"예. 폐하."

오성과 연수와 남생의 대답이 서로 겹쳐졌다.

함께 대답하고서 세 사람이 서로의 얼굴을 보았다.

오성에겐 검과 소총이 있었고, 연수에게는 화기로 무장한 용호대와 남생에겐 누구보다 뛰어난 활쏘기 실력이 있었다.

승리를 믿어 의심치 않았다.

오성이 자신하면서 고보장에게 말했다.

"지금 즉시 명령을 내리겠습니다. 폐하."

백습을 치려는 야인들의 머리를 끊으려고 했다.

한 사람의 목숨으로 많은 사람들의 목숨을 구할 수 있었다.

상태왕이 명을 내리라고 말하자, 오성이 연수를 통해서 대원들에게 말 위에 오를 것을 지시했다.

그리고 숲에서 빠져나왔다.

대원 몇 명을 뽑아서 부락으로 보내 개마대를 부르려 했고, 걸사비우와 속말군에게는 부락의 경계를 맡겨서 주민들을 지키려고 했다.

그리고 화기를 장전해둔 상태에서 적을 기다렸다.

남생이 활 든 대원들과 함께 아기살을 장전했다.

명령이 떨어지면 즉시 지시를 내리는 야인을 저격하려고 했다.

그렇게 적이 지나려는 길목을 막았다.

달려오던 야인들이 대원들을 보았는지 멈춰 섰다.

일단 멈춘 후에 어떻게 싸울 것인지를 정할 것 같았다.

멈춘 야인들을 보면서 용호대 조장들이 소리쳤다.

"무슨 일이 일어날지 모르니까 경계를 느슨하게 하지 마라!"

"명령이 내려지면 화기를 들어라!"

"돌아나가는 놈들이 없는지 확인해라! 허튼짓을 보이는 자가 있다면 선 조치 후 보고를 해도 좋다!"

수로는 야인들 쪽이 100배나 많았다.

때문에 아무리 대원들이 강하고 잘 싸워도 결코 방심하지 않으려고 했다.

대원들의 뒤에서 오성과 연수가 함께하고 있었고 두 사람 사이에 고보장이 있었다.

적이 어떻게 하는지를 지켜보았고 그때 야인들 사이에서 몇 명의 야인들이 나오는 것을 봤다.

그들의 차림새가 야인 치고는 좋게 보였다.

"사신입니다! 사신이 나오는 것 같습니다!"

치혁이 연수에게 보고했다.

치혁의 보고를 듣고 연수가 조준경을 들었다.

이내 달려오는 사신들의 상태를 확인했고 천군에게 보고했다.

"싸울 의사가 없는 것 같습니다."

"그래?"

"손에 무기를 쥐지 않았습니다. 고삐 줄만 쥐고 오는 모습이 아군을 위협하기 위해서 오는 것은 아닌 것 같습니다. 그래도 경계를 유지하겠습니다."

방심하지 않으려고 했다.

하지만 함부로 달려오는 사신을 헤치려고도 하지 않았다.

위치를 지키면서 야인들의 사신이 오기를 기다렸고, 그들이 부디 당나라 말이라도 할 수 있기를 원했다.

대원들 중에서 어느 누구도 오락후의 말을 아는 자가 없었다.

그리고 달려온 사신이 앞에 서면서 말했다.

"고려 상태왕 폐하께서 백습에 오셨다는 이야기를 들었는데 맞소? 폐하를 뵙고자 하니 대답해 주시오. 우리는 고려군과 싸울 생각이 없소."

"……?!"

고려 말이었다.

생각지도 못한 말에 그 말을 들었던 오성과 연수와 모든 대원들이 얼어붙었다.

또한 고보장의 미간에 골이 깊게 패였다.

멀리 흙먼지 구름이 일어나고 있었다.

군마를 온몸을 갑옷으로 가린 개마무사들이 달려오고 있었다.

그들 앞에서 야인들은 어떤 두려움도 가지지 않았다.

그저 고려 사람으로 여겨지는 자들의 답변을 기다릴 뿐이었다.

삼족오기가 나부끼고 있었다.

금릉이 공격 받다

생각지도 못한 일이 벌어졌다.

'오락후가 상태왕을 찾는다고? 이게 무슨 상황이야? 고려와 접점도 그리 없는 부족이 상태왕을 찾는다니? 그리고 고려 말은 또 어떻게 할 수 있는 거지?'

말갈과 철륵 사이에 거주하는 이민족이었다.

그리고 역사적으로고 잘 언급되지 않는 족속이었다.

당나라의 영향을 받는 거란이나 철륵과 달리, 오락후는 훨씬 먼 곳에 거주하는 족속으로써 야인으로서의 삶이 훨씬 짙어 있는 부족이었다.

그런 오락후가 와서 고려 말로 이야기 했다.

또한 상태왕을 찾고 있었다.

고려 말이 가능했기에 오성이 직접 말을 몰면서 앞으로 향했다.

그리고 물었다.

"폐하를 왜 찾지? 이유가 뭐야?"

오성의 물음에 사신들 중에서도 한 사람이 나섰다.

그는 나이가 많았고, 나이를 따르지 않는 역행하는 기운을 가지고 있었다.

그가 굵직한 목소리로 오성에게 물었다.

"혹, 천군이오?"

"그래. 일단은 그렇게 불러. 그리고 내게 천군이냐고 물었는데, 그쪽도 누군지 알려줘야 하지 않겠어? 상호 간의 예의니까."

오성이 질문한 자에게 신원을 물었고 이름을 들었다.

"나는 오락후의 대추장 부이단이오."

"오락후의 추장이라고……?"

"그렇소. 그리고 상태왕 폐하께 간청을 드리려고 왔소. 바로 고려 백성으로 받아달라고 말이오."

"뭐……?"

"앞으로 고려가 당나라를 능가하는 대국이 될 것이라고 들었소. 그리고 고려의 후손들이 능히 천하를 이끌게 될 것이라는 들었소. 우리 후손도 고려 백성과 같은 삶을 살

수 있기를 바라오."

"……."

척 보아 불혹을 훨씬 넘긴 부이단의 말에 오성이 미간을
좁혔다.

그리고 다시 물었다.

"그 말을 대체 누구에게서 들었어? 우리 후손들이 천하
를 이끌게 될 것이라고 말이야? 그리고 고려 말은 또 어떻
게 배운 거야?"

천군의 물음에 부이단이 담담하게 대답했다.

"고려에서 신녀가 왔소."

"뭐?"

"처음엔 길 잃은 여자라고 생각해서 노예라도 쓸까 생각
했지만, 그녀가 우리에게 벼락 맞을 자를 알려줬소. 그리
고 그 자가 벼락을 맞는 것을 보고 그녀의 특별한 능력을
믿게 됐소."

"……."

"그녀가 나와 몇 명 부족민들에게 고려 말을 가르쳐 줬
소. 그리고 다른 부족에 대한 약탈을 그만두고 때를 기다
리라고 말했소. 상태왕 폐하와 천군이 군을 이끌고 백습
에 올 때까지 말이오. 그때까지 기다렸다가 백성이 되어
달라고 말하면 우리 부족의 미래가 바뀔 것이라고 말했
소."

고려에서 신녀가 왔었다는 말에 오성이 황당함을 느꼈다.

예언이나 신비로운 일의 존재 정도는 자신으로 하여금 있을 수 있다고 생각했다.

애초에 미래에서 과거로 온 일 자체가 말이 되지 않았다.

하지만 신녀에 관한 생각과 관점은 조금 달랐다.

고려에서 천우라 불린 제천장이 있었고, 그는 세상을 상대로 사기를 치며 신녀들을 자신의 노리개로 삼았었던 인물이었다.

그리고 신녀들 또한 신비로운 일을 하거나 능력을 가지지 않았다.

그렇게 여기고 있을 때 생각지도 못한 새로운 사실을 알게 됐다.

"신녀가 천군이 오면 알려주라는 말이 있었소."

"뭘 말이야?"

"신물에 관해서 말이오. 천군에게 알려주면 알 것이라고 들었소. 그 분이 영고대를 가지고 있다고 말씀하셨소."

"……?!"

순간, 질문들로 가득 차 있었던 눈이 활짝 열렸다.

오성의 눈이 번쩍 뜨였다.

그리고 그 모습을 연수가 처음 보게 됐다.

함께 있던 고보장의 미간이 좁혀졌다.

영광으로 향하는 고려의 미래에 새로운 변수가 일어났다.

먼 남쪽에서 함성 소리가 일어났다.

장강을 건넌 수 만 진압군이 언덕 위의 큰 성 앞에 몰려 있었다.

성 북쪽에는 절벽이 있고 장강이 감아 돌 듯이 흐르고 있었다.

그리고 남쪽에는 옛 도읍을 상징하는 넓은 시가가 펼쳐져 있었다.

오나라의 도읍으로 화려한 역사를 지니기도 했지만 이미 금릉으로 진격한 진압군에 의해서 시가 곳곳이 타오르고 있었다.

황실과 태후를 위협하는 적의 숨통을 끊을 수 있는 순간이 왔다.

천자포들이 성벽을 향해서 방렬 된 가운데, 진압군을 지휘하는 곽대봉이 부장에게 명했다.

"공성을 시작한다. 놈들에게 천자포의 포탄을 먹여라."

"예! 대장군!"

지시를 받은 부장이 포대장들에게 명했다.

그러자 포대장들이 소리를 일으키면서 휘하 포수들에게 명을 내렸다.

"천자포를 발포하라!"

"천자포! 점화!"

심지에 불씨가 닿으면서 '치이익~' 하는 소리가 일어났다.

이어 강철로 만들어진 천자포 앞에서 불꽃이 터지며 '뻥!' 하는 소리가 일어났다.

벼락이 땅에서 일어나는 듯했고 하늘에는 이내 천둥소리로 채워졌다.

그리고 성벽이 터지면서 돌이 쏟아졌다.

콰쾅!

"우와악!"

"아악!"

반군과 백성의 비명 소리가 함께 울려 퍼졌다.

창을 든 병사의 몸이 찢어지고 낫을 든 백성이 성벽 난간의 돌 파편을 맞고 쓰러졌다.

성벽과 성문과 성루로 포탄이 날아들었으니, 자세를 낮춘 반군 장수가 그의 상관에게 소리쳤다.

"어르신! 놈들이 금릉 성을 포격합니다! 이대로면 성벽이 무너집니다!"

유인원이 반군 지휘관에게 소리쳤다.

그의 보고를 들은 이적이 위치를 지키면서 말했다.

그의 곁에 장손무기와 저수량이 함께 있었다.

"천자포는 내구성이 나빠 고려 화포만큼 오래 쏠 수 없다! 그러니까 포격이 끝날 때까지 기다려라! 중화 총도 마찬가지다! 군과 백성들에게 어제 말했던 것을 상기시켜라!"

"알겠습니다!"

성루 지붕의 기와가 터지고 있었다.

머리에 쓴 투구를 붙든 채 유인원이 군사들과 백성들에게 소리쳤다.

"견뎌라! 견뎌야 한다! 놈들의 화기는 오래 쓰지 못한다!"

그 말을 듣고 겁에 질렸던 군사와 백성들이 입술을 질끈 물었다.

성을 사이에 두고 싸울 때 방어보다 공격하기가 몇 배나 힘든 것을 알고 있었다.

막대한 희생이 치러지면 결국 진압군이 물러날 것이라고 생각했다.

그때까지 살아남아야 했다.

포성을 일으키던 천자포에서 둔탁한 폭발음이 일어났다.

펑!

"흐아악!"

"아악!"

심지에 불을 붙이다가 포신이 터져 버렸다.

철 파편을 맞은 포수들의 신체가 찢어지면서 비명 소리가 크게 일어났다.

그것으로 인해서 일순 포격이 중단 됐다.

"망할⋯⋯."

진압군의 다른 포수들이 겁에 질렸다.

그리고 그 모습을 보던 곽대봉이 부장에게 눈짓을 주었다.

부장이 포병대의 포수들에게 소리쳤다.

"천자포가 닳았으면 새 천자포로 쏘면 되지 않겠느냐! 저기 새 천자포가 있다! 속히 방렬해서 쏴라!"

"예! 장군!"

장강을 가로지르는 부교가 금릉 성 서쪽 강변에 설치되어 있었다.

부교를 통해서 군량과 무기들을 받았다.

그중에는 만들어진지 얼마 되지 않는 천자포들도 있었다.

이제 내구를 다한 천자포를 뒤로 뺐고, 새 천자포를 방렬시키면서 포구를 조준했다.

그리고 포탄을 장전한 뒤 불씨가 들렸다.

곽대봉이 직접 포수들에게 명했다.

"5발까지 쏜다! 그러면 천자포가 폭발할 일은 없을 것이다! 그러니 정확하게 쏴라!"

"알겠습니다!"

곽대봉의 명을 포대장들이 받들며 대답했다.

그리고 이내 포수들에게 포격 명령을 내렸다.

"발포하라!"

다시 포구에서 불빛이 번쩍했다.

뻐버벙! 뻐벙!

콰쾅!

"으아악!"

성벽 위에서 다시 비명소리들이 터져 나왔다.

전의를 다졌던 군사들과 백성들이 우왕좌왕 뛰기 시작했다.

그런 성의 군사들을 보면서 이적이 소리쳤다.

"견뎌라! 적 포격은 오래가지 못한다! 아니, 고려가 유황을 끊어서 놈들에겐 내일이 없다! 오늘만 막아라!"

그의 외침에 메아리처럼 울려 퍼졌다.

아니, 이미 군사들과 백성들이 그의 명을 따르고 있었다.

견디지 말라고 해도 견뎌야 했고, 싸우지 말라고 해도 싸워야 했다.

이제 역적이 된 자신과 식구들을 위해서라도 싸워야만 했다.

자신이 죽더라도 처와 자녀들만큼은 살리고 싶었다.

그렇게 간절하게 기다렸고 잠시 후 포성이 그쳤다.

귀가 먹먹했다.

뿌려졌던 포연이 흩어지자 곽대봉이 금릉을 노려보면서 명을 내렸다.

"이제 성을 점령한다. 군사들에게 총공격 명령을 내려라."

"예! 대장군!"

부장이 돌아서면서 외쳤다.

"총공격! 성에 거하는 모든 것들을 죽여라! 돌격!"

"와아아아!"

"대당국 황제 폐하! 만세!"

"만세! 와아아아!"

함성을 일으키면서 갖은 무기를 든 진압군이 일제히 달렸다.

이미 거센 포격으로 성벽 곳곳이 무너져 있었다.

또한 성문이 반쯤 깨져 있었고, 반군의 전력과 사기도 많이 떨어져 있었다.

기를 쓰고 덤비면 이길 수 있을 것이라고 생각했다.

아니, 살아남을 수 있다고 생각했다.

명령을 따르지 않으면 자신의 목만 베이는 것이 아니라 식구들까지 죽을 수 있었다.

식구들을 살리기 위해 징발 된 백성들이 더욱 속도를 높이면서 뛰었다.

성벽에 사다리가 놓이고 그것을 타고 위로 오르기 시작했다.

"어서! 올라가! 어서! 커헉!"

백장을 맡았지만 징발된 백성이었다.

그의 옆구리로 화살이 박혀 들었고 신음을 토하면서 백성이 쓰러졌다.

사다리를 타고 오르는 진압군을 향해서 돌이 던져졌다.

이적과 함께 봉기한 반군의 군관이 백성들에게 소리쳤다.

"뜨거운 기름을 부어라!"

끓는 기름을 맞은 진압군 병사가 비명을 질렀다.

"끄아악!"

기름을 맞은 병사가 사다리에서 떨어졌고, 그 아래의 병사는 돌을 맞으면서 아래 병사들에게 떨어졌다.

진압군이 뒤엉키면서 비명을 질렀다.

그리고 공성을 방해하는 금릉 성 병사와 백성들을 향해서 궁수들이 화살을 쐈다.

"발사!"

쉬익!

푸푹!

"커흑……!"

화살을 맞은 금릉 백성이 신음을 일으키면서 쓰러졌다.

그리고 성벽 위의 반군 궁수들이 화살을 쐈다.

"적 궁수를 노려라!"

이어 중화 총을 든 포수들이 방아쇠를 당겼다.

"발포!"

타타탕!

"크악!"

서로가 서로를 노리면서 비명을 질렀다.

그리고 차츰 진압군에게로 전세가 기울기 시작했다.

내구의 문제가 있었지만 화기와 병력의 우세는 어쩔 수 없었다.

"계속 올라가라!"

태후에게 충성을 바치는 자들의 외침이 계속 울려 퍼졌다.

꺼지는 불씨를 살리다

한 번 무너지기 시작하자 끝없이 무너졌다.

고함과 함성이 특별이 커지는 곳이 있었고, 그곳을 확인한 유인원이 눈을 키웠다.

이내 이적에게 보고를 올렸다.

"어르신! 우측입니다! 우측 성벽에서 아군이 무너지고 있습니다! 놈들이 총을 앞세웠습니다!"

검지로 가리키면서 유인원이 전황을 알렸다.

성벽을 치열하게 막던 동쪽을 보던 이적이 시선을 오른편 서쪽으로 옮겼다.

그리고 지시했다.

"적군이 성벽 위로 오르면 돌이킬 수 없다! 속히 군사와 백성들을 보내라!"

"예! 어르신!"

지시를 받은 유인원이 성벽 안쪽 아래 군사들에게 소리쳤다.

"서쪽으로! 우측으로 가서 도와라! 시간이 없다!"

대기하고 있던 군사와 백성들이 유인원의 지시를 받았다.

그리고 가리킨 방향으로 신속히 움직였다.

"어서 계단을 올라! 빨리!"

빈틈이 생기면 신속히 메워주는 예비 부대였다.

재빨리 성벽 위로 올라 쓰러지던 군사와 백성들을 대신했다.

그리고 사다리를 타고 성벽 위에 오르려는 진압군을 막았으니, 난간에 거의 도달한 진압군 병사에게 창을 내질렀다.

칼을 몇 번 휘두르다가 창날에 찔린 징발병이 고통을 견디지 못하고 신음을 일으켰다.

"크윽! 으윽……!"

"으아아……!"

"아악!"

땅에 떨어져서 온몸이 부서졌다.

성벽 위로 화살이 채워지고 빈손이 되었던 궁수들의 손이 다시 빨라졌다.

성벽 위를 노리는 진압군 궁수들에게 화살을 쏘아 날리고, 가까이 와서 총을 발포하는 총병들에게도 화살을 먹였다.

중화 총을 발포한 후에 총탄을 장전하는 총병이 단말마를 일으켰다.

"커흡!"

"……?!"

화살이 목을 꿰뚫었다.

그것을 본 총병들이 겁에 질리면서 더욱 빠르게 총탄을 장전했다.

그리고 심지에 불을 붙인 뒤 성벽 위를 향해서 방아쇠를 당겼다.

"발포!"

타타탕! 타탕!

"재장전!"

총을 발포하고 다시 총탄을 장전했다.

그리고 발포 준비를 마친 뒤 검지를 방아쇠에 걸고 난간 앞에 서 있는 반군과 백성들을 노렸다.

다시 총을 쏘고 장전한 뒤 다시 쐈다.

연달아 총을 발포하다가 소리 크게 일어났다.

펑!

"크아악!"

"이런, 빌어먹을……!"

발포의 충격을 버티지 못하고 총이 폭발했다.

이미 10여 발을 쏜 상태였고 다시 총을 발포하다간 죽을 수 있었다.

때문에 잇따른 실전으로 화기를 다루는 데에 능숙해진 총병들도 겁에 질릴 수밖에 없었다.

자연히 장전을 함에 있어서도 주저함이 있을 수밖에 없었다.

머뭇거리던 총병들의 머리 위로 화살비가 쏟아져 내렸다.

"피해!"

"우와앗?!"

"큭!"

"커헉……!"

화살을 맞은 총병들이 쓰러졌고, 다른 총병들은 어쩔 줄 몰랐다.

그 모습을 본 진압군의 부장이 곽대봉에게 보고했다.

"대장군! 놈들의 저항이 거셉니다! 좌측에서 무너지던 역적이 다시 살아났습니다!"

부장의 보고를 받고 곽대봉이 서쪽 성벽을 훑었다.

그리고 그곳에서 함성을 일으키는 반군과 금릉의 백성들을 보았다.

아마도 성벽 안쪽에서 기다리다가 신속히 지원을 행한 것 같았다.

맹공을 벌이다가 멈춘 부대를 보고서 곽대봉이 명령했다.

"천자포로 날려라. 아직 쏠 수 있다."

그의 명을 듣고 부장이 대답했다.

"예! 대장군!"

재빨리 좌측 포대장에게 곽대봉의 명을 전달했다.

그리고 대기 상태에 있던 포수들이 포탄을 장전하라는 지시를 받았다.

천자포에 포탄을 장전하면서 포수들이 빌었다.

'제발!'

'한 발만 버텨라!'

발포했을 때 터지지 않기를 바랐다.

심지를 꽂고 진압군을 압도하는 반군을 겨누었다.

그리고 성벽 위에서 반군과 백성들이 끝내 사다리를 오르던 진압군을 떨어트렸다.

기름을 붓고 돌을 떨어트리면서 성벽에 붙지 못하도록 막았다.

또한 화살로 진압군 궁수들을 쏘고 군관과 천호장들을

122

저격했다.

난간에 걸린 사다리 고리를 밀어내고 쓰러트렸다.

"막았다!"

"이제 놈들이 다시 오르지 못할 거야!"

"크하하하!"

그때였다.

쿠쿵! 쿠쿵!

"헉?!"

콰콰쾅!

비명 소리가 크게 울려 퍼졌다.

하지만 그 소리를 전혀 듣지 못했다.

성벽 위에 오르던 적이 물러나는 것을 보고 기뻐했다.

적의 힘이 모두 빠져서 결국 물러날 것이라고 생각했다.

다른 성벽에서 여전히 싸우고 있었지만 도우면 충분히 막아내고 살아남을 수 있다고 생각했다.

그때 침묵하던 천자포에서 불빛이 번쩍이는 것을 봤다.

불빛이 번쩍인 후에 포구에서 튀어나온 무언가가 눈앞으로 날아드는 것을 잠깐 보았다.

시간이 느리게 흐르는 것처럼 느껴졌고, 이내 세상이 환하게 보일 정도로 아찔해졌다.

온 감각이 번쩍 들더니 몸이 부서질 것처럼 고통스러웠다.

"커헉…! 쿨럭!"

이미 몸이 옆으로 눕혀져 있었다.

귀에서 '삐~!' 하는 이명이 일어났고 입에서는 쉴 새 없이 피가 쏟아져 나왔다.

흐려지는 시선으로 기울어진 세상을 보았다.

몸을 가려주는 난간이 통째로 사라져 있었고, 너머에서 진압군이 다시 달려오는 것이 보였다.

그리고 주위의 군사들이 쓰러져 있는 것을 봤다.

불의에 항거하여 역적이 된 백성들이었다.

또한 목숨을 바쳐서라도 식구를 지키고자 했던 전우들이었다.

그들이 불쌍하게 여겨졌다.

'나중에 봅세… 미안하네…….'

허리가 끊어진 군관의 눈에 피눈물이 고였다.

이내 기색이 완전히 지워졌고, 그 위로 창칼을 든 진압군이 지나갔다.

붙여진 사다리에서 진압군이 끊임없이 올랐다.

그리고 성벽 위를 막으려던 반군을 향해서 돌진하기 시작했다.

"쳐라!"

"와아아아아!"

성 아래를 막던 반군과 백성들이 당황하면서 몸을 틀었다.

"놈들을 밀어내라! 막아야 한다!"

"우리가 뚫리면 식구들까지 전부 죽는다! 돌겨억!"

"와아아아!"

함성과 함성이 부딪쳤다.

성벽 위에서 거친 몸싸움이 일어났고, 차츰 지키려는 자들이 밀리기 시작했다.

유인원이 다급히 이적에게 보고했다.

"오른편이 뚫렸습니다! 적군의 포격으로 아군의 방어가 와해되었습니다! 놈들이 계속 성벽 위로 오릅니다!"

보고를 받은 이적이 다시 우측 편으로 시선을 옮겼다.

그리고 눈동자를 떨었으니, 밀려드는 적군을 상대로 어떻게 막아야 할지 방도가 보이지 않았다.

남은 병력이나 백성도 없었고, 다른 곳에서도 뺄 수 없었다.

함께 힘써서 돌을 던지던 여인들까지 쓰러지고 있었다.

그 모습을 보고 온몸이 굳었을 때, 함께 있던 장손무기가 걸음을 옮겼다.

"내가 가겠소."

"조…조국공이 말이오."

"내가 간다고 해서 얼마나 달라질지 모르겠지만 가서 돕겠소. 영국공은 계속 지휘하시오."

노쇠한 몸을 이끌면서 싸우려고 했다.

검을 뽑고 적이 부딪치는 곳으로 향하는 장손무기에게 어떤 말도 할 수 없었다.

그때 성루 아래에서 소리가 크게 일어났다.

"성문이 뚫렸다! 막아라!"

"와아아아!"

성문을 통해서도 적군이 밀려들려고 했다.

온 사방이 뚫릴 지경이었다.

사력을 다하는 반군과 백성들의 힘이 거의 빠지고 있었고, 어떤 자들은 눈치를 보다가 무기를 내던지면서 도망치고 있었다.

모든 것을 포기하고 자신의 생명부터 구하려는 자들이 있었다.

그것을 보고 이적의 희망도 지워지려고 했다.

'결국, 이렇게 되는 것인가……?'

좌측 편 동쪽에서 저수량이 싸우고 있었고, 유인원이 성문 아래로 내려가서 싸우고 있었다.

그리고 귓속에서 정의가 비명을 지르고 있었다.

사람들의 고함과 비명 소리 외에 어떤 소리도 들리지 않았다.

북쪽 성벽을 지키는 소수의 반군이 남쪽과 서쪽 성벽에서 일어나는 전투를 지켜보고 있었다.

창을 쥔 손에서 땀이 세차게 일어나고 있었다.

눈동자에 불안이 가득 차 있는 가운데, 자신들의 운명에 관해서 이야기 하고 있었다.

"놈들에게 성이 뚫렸어……."

"어르신들이 계신 남문으로 향하고 있어!"

"놈들이 이쪽으로도 오는 거 아냐?! 이쪽으로 오게 되면 우리는……."

"무기를 버리고 항복할 생각을 하지 마! 우리는 역적이야! 놈들이 우리를 죽일 거야!"

"이럴 줄 알았으면 그저 잠자코 지내는 건데, 빌어먹을……!"

분기를 못 참고 들고 일어선 사실이 몹시 후회스러웠다.

백성을 속이고 죽였던 황실과 태후에게 맞서려 했다가 남은 식구들과 목숨마저도 잃을 판이었다.

그런 미래가 두려웠고 하늘이 원망스러웠다.

억울함이 해일처럼 밀려들면서 자신들을 부추긴 존재에게 원성을 쏟아냈다.

"대체 고려 놈들은 언제 오는 거야?! 놈들이 우릴 돕기로……!"

장강 하류 쪽을 돌아보면서 소리쳤다.

그때 한을 토하던 병사의 눈동자가 심히 흔들렸다.

"놈들이 우릴 돕기로… 했었는데……."

말을 잇질 못했다.

그리고 심장이 가쁘게 뛰었으니, 병사가 바라보는 장강의 물결이 역류하고 있었다.

휘날리는 깃발이 보였고, 깃발에 새겨진 문양이 보였다.

손이 떨리면서 들고 있던 창이 떨어졌다.

"세상에……!"

벌어진 입이 조금씩 꿈틀 거리자, 그 안에서 작은 미소가 배어들기 시작했다.

돛을 펼치고 노를 빠르게 젓는 배들이 장강을 거슬러 올라가고 있었다.

그리고 강을 가로지는 부교를 향해서 달리고 있었다.

부교를 지키는 진압군 군사들이 하던 것을 멈추고 몰려오는 배들을 봤다.

그리고 배 위에 휘날리는 깃발의 문양을 보고서 얼어붙었다.

"세 발… 까마귀……?"

"이놈들은 설마……."

정신을 빨리 차린 군관이 크게 소리쳤다.

"고…고려군이다! 고려 수군이 몰려왔다! 전투 준비! 전투 준……!"

콰드득! 콰직!

"으와악!"

"피해라!"

끝내 명령을 마무리 짓지를 못했다.

삼족오를 휘날리는 고려 전선들이 속도를 줄이지 않고 그대로 부교를 들이받았다.

그 위에 서 있던 진압군 병사가 강 위로 뛰어내렸고 이내 소용돌이치는 강물의 물결 속으로 영원히 잠겼다.

갑작스런 소란과 비명 소리에 성 위에서 벌어지던 전투가 일순 중단 됐다.

그리고 성을 주목하던 곽대봉의 고개와 시선도 돌아갔다.

"뭐야, 저놈들은……."

"설마……."

지휘부에 속해 있던 진압군이 술렁였다.

그리고 성벽 위를 오르려던 황군의 시선도 향해 있었다.

그들의 눈들이 요동쳤고 눈동자 속에는 수십 넘는 삼족오 깃발이 새겨졌다.

하지만 전부가 아니었다.

물에 빠졌다가 강변으로 겨우 기어 나온 징발병의 눈

에 장강을 메운 고려 수군 전선들의 모습이 박혀들게 됐다.

그 수가 무려 100척이 넘었다.

"맙소사……!"

이미 화포가 포문 밖으로 노출되어 있었다.

장강을 피로 물들이다

승전을 확신했다.

금릉 성으로 입성해서 역적을 소탕하고 대당국을 바로 세운 공신으로써 이름을 올릴 것이라고 생각했다.

그러나 바람이 불면서 삼족오기가 나부꼈고, 장강의 물결을 거슬러 올라온 판옥선들을 보게 됐다.

그 수가 무려 100척이 넘었다.

곽대봉의 온 시선이 흔들리고 있었다.

"설마… 고려군인가."

부교가 끊어지면서 강에 떨어진 징발병들의 비명이 들렸다.

"살려줘!"

"이쪽이야! 손잡아!"

함성으로 채워지던 금릉 성에 일순 정적이 돌았다.

혈전을 벌이던 온 군사가 싸우던 것을 멈췄다.

피아를 가리지 않고 장강에 멈춰 선 고려 수군 함대를 보았다.

그리고 포문 밖으로 포구가 노출되어 있는 것을 보았으니, 성벽 아래의 진압군이 그대로 얼어붙었다.

"혹시, 저거, 천자포야……?"

"그런 것 같은데…….."

"부교가 놈들 때문에 끊어졌어! 설마, 퇴로가 차단된 것은 아니겠지……?"

"부교가 없으면 합비로 돌아갈 수 없어!"

"맙소사……."

큰 배들이 몰려오면서 장강을 가로지르는 부교를 들이받았다.

때문에 더 이상 합비로 돌아갈 수 없었다.

강폭만 무려 1천 보 이상이었고, 장강으로 고려 수군이 들어온 이상 형양까지 후퇴해도 북쪽으로 돌아가는 것을 장담할 수 없었다.

온 군사가 술렁였고, 한창 전투를 치렀던 성 주변이 고요해졌다.

그 모습을 대장선 위에 타고 있던 사람들이 지켜봤다.

선원들과 호위무사들이 있었고 대장선 선장과 선혜가 있었다.

그리고 안련과 창운이 지휘소에 있었다.

적지를 살핀 안련이 얼굴에 미소를 머금고 창운에게 말했다.

"다행히 늦지 않은 것 같습니다. 적군이 우리의 참전에 놀란 것 같습니다."

그의 이야기를 듣고 창운이 빠르게 금릉을 훑었다.

거리 곳곳에서 연기가 피어오르는 것이 보였고, 성벽 위와 아래에 적군이 그득한 것을 보았다.

그리고 남문 성벽 위로 반군이 궁지에 몰려 있는 것을 보았다.

미간을 바짝 조이면서 안련에게 창운이 물었다.

"화포 발포 준비는?"

안련이 대답했다.

"완료되었습니다."

"그러면 성벽 아래부터 쓸어내자고. 위쪽은 반군도 섞여 있으니까. 아래부터 쓸어내면 나머지는 알아서 정리 될 거야."

"예. 형님."

"쌓아놓았던 화력을 전부 쏟아 부어."

"예! 상장군!"

성벽 아래 진압군을 노려보면서 창운이 명령했다.

갑판 위로 탄약이 가득 준비되어 있었고, 선창에도 적재되어 있어서 화포당 20발 넘는 포탄을 쏘아 날릴 수 있었다.

또한 살상력을 놓이기 위한 특수탄과 비격진천뢰를 쏘아 날릴 수 있는 완구까지 준비되어 있었다.

안련이 선혜에게 명을 내리자, 선혜가 대장선 선장을 비롯해서 전 함대로 명령을 전달했다.

"성벽 아래 적군을 노려라!"

"포구를 조정하라!"

"강물에 배가 움직이지 않도록 고정하라!"

흐르는 강물에 전선이 떠내려가지 않도록 노를 저었다.

그리고 화포를 성벽 아래 진압군에게로 조준했다.

포신에 심지가 꽂혀서 불을 뿜을 준비를 했고, 상단부 수군 장병들이 분노의 시선으로 적을 노려봤다.

잠시 후 대장선 선장과 포대장이 크게 소리쳤다.

"발포하라!"

"화포 발포! 점화!"

심지에 불이 놓이자 이내 '뻐벙!' 하는 소리가 일어났다.

그리고 소리가 난 직후에 모든 전선들이 화포에 불을 붙였다.

포구가 번뜩이면서 하얀 연무가 뿜어져 나왔다.

쿠쿠쿠쿵! 쿠쿠쿵!

"헉?!"

콰콰쾅!

"으악!"

성벽 아래에 모여 있던 진압군이 비명을 질렀다.

하늘이 먼저 울고 땅에서도 이내 울음소리가 일어났다.

아니, 대지에서 비명 소리가 일어났다.

날아든 포탄이 지면에 상흔을 남기고 진압군을 휩쓸었다.

화기를 든 정예군과 가족이 인질이 된 징발병을 가리지 않고 무차별 포격했다.

흙기둥이 튀어 오르면서 징발병의 사지가 사방으로 흩어졌다.

동시에 판옥선 위에서 비격진천뢰가 발포됐다.

"발포!"

'뺑!' 하는 소리와 함께 완구에서 크기가 큰 포탄이 하늘로 비상했다.

공중을 가로지르면서 진압군의 머리 위로 떨어졌고, 그것을 맞은 진압군이 이내 피를 흘리면서 쓰러졌다.

그리고 천자포들 사이로 비격진천뢰가 굴렀다.

천자포들의 포신이 내구를 다했지만 탄약이 남아 있었다.

화약과 포탄 더미 옆에서 비격지천뢰가 멈췄고, 이내 타들어가는 심지에서 피워 올리는 연기마저도 지워졌다.

'쾅!' 하는 소리와 함께 폭발이 일어났다.

하지만 그것보다 더한 폭발이 일어났다.

꽈광!

"끄어억! 어억……!"

폭발에 휩쓸린 진압군이 기괴한 비명 소리를 내었다.

온 팔과 다리가 뜯겨 나가 있었고, 머리 한쪽을 잃어버린 장수나 군관도 있었다.

그리고 철파편에 복부를 맞은 징발병이 쏟은 내장을 주워 담으려고 안간힘을 썼다.

잔혹한 풍경이 곳곳에서 일어났다.

여전히 진압군 사이에서 맹렬한 타격음이 일어나고 있었다.

강 위에서 천둥소리가 그치지 않고 있었다.

"계속 쏴라! 발포!"

뻐버벙!

"사슬탄을 장전해라!"

포대장이 화포를 운용하는 포수들에게 특수탄 장전을 명령했다.

그러자 이내 포수들이 사슬로 연결 된 두 개의 포탄을 한꺼번에 장전했다.

화약과 구경에 맞는 나무기둥을 밀어 넣고, 그 위로 포탄들을 밀어 넣었으면서 장전 절차를 마무리 지었다.

포신에 심지를 꽂고 불씨를 준비하면서 쏠 준비를 했다.

적군이 많이 몰려 있는 곳으로 포구를 조준하고 각 전선의 포대장들이 명령했다.

"발포!"

다시 하늘이 울면서 두 발의 포탄이 동시에 하늘을 가로질렀다.

포탄들을 잇는 사슬이 펼쳐지면서 진압군에게 날아들었다.

이내 온 진압군의 사지와 상하체를 찢어놓았으니, 흙기둥이 치솟은 후에 그 주변이 더욱 처참한 모습으로 변하게 됐다.

"커헉……!"

"사…살려 줘…….."

허리가 끊어진 징발병이 버둥버둥 거렸다.

어깨가 끊어진 장수가 자신의 팔을 찾으려고 이리저리 움직이다가 과다출혈로 쓰러졌다.

쓰러진 자 주위에서 다시 흙기둥이 솟구쳐 올랐으니, 포격은 계속되고 있었고, 장강을 메운 판옥선들이 제자리에서 배를 돌리고 있었다.

"정선 회전!"

"우현 화포로 포격한다!"

"화포 조준! 발포 준비! 발포!"

회전하는 동안 장전을 마친 화포들이 불을 뿜었다.

그리고 포탄을 토해낸 화포들은 배가 돌려지는 동안 포탄을 장전하면서 다시 쏠 준비를 끝마쳤다.

금릉 성 앞이 보이면 다시 불을 뿜고 배가 돌려지면서 재장전이 이뤄졌다.

때문에 연속해서 포격이 이뤄지는 듯했다.

성벽 아래 진압군이 일방적으로 두들겨 맞고 있었고, 성벽 위에서 싸웠던 군사들이 그 모습을 지켜보면서 눈과 입을 열고 있었다.

참혹한 광경이 성벽 아래 밖에서 펼쳐져 있었다.

"어…어떻게 이런 일이……."

"삼족오기를 단 수군이야. 고려 수군이 이 정도로 강하다니……."

"어…어째서 포격이 그치지 않는 거지?"

"놈들의 천자포는 수십 발 넘게 쏴도 내구가 멀쩡한가?"

"아군이 완전히 궤멸되고 있어……."

"맙소사……."

넋 나간 표정으로 지켜보고 있었다.

그리고 그것은 곽대봉과 지휘부 장수들도 마찬가지였다.

"고려군의 포격이 이 정도라고……?"

"말도 안 돼……."

"어째서 끝나지 않는 거야?"

"우리 천자포는 폭발하는데 놈들의 포는 어째서……!"

이미 10발이 넘는 발포가 이뤄지고 있었다.

"도망쳐! 어서!"

겁에 질린 자들이 소리치면서 주위 군사들마저 혼란에 빠트렸다.

하지만 그들에게 책임을 물을 수 없었다.

그들을 죽여 군을 통제해야 되지만, 그래야 된다는 생각을 가질 수 없을 정도로 크게 충격 받고 있었다.

그저 고려의 포는 어째서 계속 발포되는지에 대해서 의문을 표할 뿐이었다.

또한 곽대봉이 전율을 느꼈다.

"이런 일이……."

흑수 말갈을 상대했던 고려군의 모습을 떠올렸다.

화기를 앞세워 흑수 말갈을 어떻게 굴복시켰는지를 알고 있었다.

그때 보았었던 압도적인 화력이 진압군에게 쏟아지고 있었다.

그리고 절대 이길 수 없었다.

아니, 견딜 수 없었다.

믿었던 승리가 단번에 사라지고 생존마저 장담할 수 없는 상황에 이르렀다.

그 사실을 깨닫는 데에 다소 시간이 걸릴 수밖에 없었다.

엉망이 된 성 밖을 보는 것은 반군도 마찬가지였다.

고려 수군의 압도적인 위력에 제정신을 차리기가 매우 어려웠다.

하지만 끝내 이성을 붙든 채 구원자들이 도착한 사실을 알게 됐다.

"사…삼족오기다……!"

"고려군이다! 고려군이 왔어!"

"고려군이 황제와 태후의 군대를 휩쓸고 있다!"

"와아아아아!"

"만세! 만세! 이야아앗!"

정신을 차리자 이미 전쟁에서 승리했다는 것을 깨달았다.

여전히 포격이 이뤄지고 있었고, 성을 공격하던 진압군 중 절반이 궤멸 당한 상태였다.

전세 역전이 이뤄지는 순간에서 유인원이 다급히 이적을 불렀다.

"영국공 어르신!"

"……?!"

"지금입니다! 지금이야말로 적군을 성벽 위에서 몰아내야 합니다! 돌격 명령을 내려주십시오!"

유인원의 요청에 이적이 검을 뽑아들면서 소리쳤다.

"적의 패잔군을 소탕한다! 전군! 돌격!"

이적의 명을 내리자 희망을 되찾은 반군이 함성을 질렀다.

"놈들을 몰아내라!"

"와아아아!"

성벽 위의 진압군이 급속도로 밀리기 시작했다.

금릉을 지키다

"쳐라!"

"우리가 이겼다!"

"고려군이 왔어!"

"놈들을 성벽 위에서 밀어내!"

"와아아아!"

궁지에 몰렸던 반군과 백성들이 용기를 얻었다.

붙인 방패를 떼어 내면서 진압군 병사를 크게 밀어내고 창을 내질렀다.

"커헉?!"

창에 찔린 징발병이 신음을 흘렸다.

식칼을 든 금릉 백성이 몸을 날렸고, 겁에 질렸던 여인들이 다시 돌을 던지기 시작했다.

궁수들이 화살을 쏘아 날렸고, 성벽 위 진압군이 크게 밀리기 시작했다.

"이런……!"

"후퇴!"

"놈들의 기가 다시 살아났어!"

아우성치면서 뒤로 물러나기 시작했다.

그러다가 포격으로 부서진 성벽 위 난간 너머로 몸이 밀려나면서 떨어졌다.

"으아아……!"

'콱!' 하는 소리가 났다.

밀려난 징발병들이 우르르 떨어졌다.

그리고 성문을 돌파하려던 군사들도 밀리기 시작했다.

포성이 그치지 않았고 곽대봉의 심장과 시선이 함께 흔들렸다.

그런 그에게 부장이 다급하게 외쳤다.

"대장군! 아군이 밀려납니다! 고려 놈들의 포격에 역적들이 용기를 얻은 것 같습니다!"

"……."

"대장군!"

혼이 나간 얼굴로 지켜보고 있었다.

그리고 어떤 명령도 내리지 못했으니, 그가 명령을 내리기 이전에 이미 진압군이 도망치고 있었다.

"퇴각! 퇴각!"

"도망쳐라! 놈들의 포격 범위에서 벗어나라!"

"이게 대체 무슨 난리야?!"

쾅!

"아악!"

비명을 지르면서 사방으로 뛰었다.

혼란에 빠져 있는 진압군 병사들 사이에서 흙기둥이 치솟았고, 포탄을 맞은 징발병과 군관들의 몸이 뜯어지고 터졌다.

불과 반 시진 전만 하더라도 금릉에 살아 있던 모든 것들을 죽이려 했었다.

그리고 이제, 자신들의 생존을 걱정하기 시작했다.

창검을 내던지고 뛰는 것을 방해하는 활을 던졌다.

또한 어떤 무장도 단 번에 죽일 수 있는 총을 버렸으니, 포탄이 날아드는 사지에서 벗어나려고 안간힘을 썼다.

하지만 그럼에도 손에 쥔 무기를 지키려는 자들이 있었다.

그리고 그런 자들에게 여지없이 포탄이 날아들면서 응징이 가해졌다.

묵직하게 날아든 비격진천뢰가 총병들 사이에서 폭음을

144

크게 일으켰다.

콰콰쾅!

"흐아악!"

"커헉!"

"어억……!"

갖은 신음들이 토해졌다.

파편을 맞은 총병들의 숨 줄이 끊어졌고, 살아남은 총병은 피를 뒤집어쓰면서 기겁했다.

진압군의 진정한 힘이라 여길 수 있는 정예군이 무너지고 있었다.

그리고 고려군에 맞설 수 있는 모든 군사들이 궤멸 당했다.

수 만 명에 달하는 진압군이 있었지만 의미가 없었다.

선혜가 안련에게 보고했다.

"적 궁수와 화기대가 궤멸 당했습니다! 적의 전열이 빠르게 무너지고 있습니다!"

보고를 받고 안련이 창운에게 말했다.

"맞설 수 있는 적군이 전부 무너졌습니다. 이제 상륙하셔도 될 것 같습니다."

창운이 고개를 끄덕이면서 말했다.

"포격을 중단시켜. 그리고 상륙전에 돌입한다. 상륙전을 벌이는 동안 앞에서 적이 설치면 그놈들부터 제압한다. 지금 즉시 명령을 전하고, 상륙이 이뤄지는 대로 다시 화포로 지원해."

"예. 상장군."

창운의 명을 안련이 받들었다.

그리고 선혜에게 지시를 내리면서 전 함대에게 상륙전을 벌일 것이라는 명을 전했다.

이내 포격이 중단되고 북소리가 일어났다.

높이 오른 명령기를 보고 선장들이 크게 소리쳤다.

"상륙전이다!"

"선수를 금릉 강가로 향하게 하라!"

"저속 전진!"

"상륙지의 적군을 섬멸하라!"

명령들이 내려지면서 선원들이 바쁘게 움직였다.

선수에 위치해 있던 포수들이 화포를 장전시켰고, 호위 무사들이 소총을 들었다.

또한 불씨를 대기시켜 놓은 상태에서 소신기전을 발사할 준비를 했다.

화기로 무장한 해병들이 선실에서 대기하는 가운데, 노를 쥔 격군이 기합을 일으켰다.

"어여차! 어여차!"

"속도 줄여! 충격에 주의하라!"

갑판 아래를 지휘하는 선실장이 격군에게 명령했다.

지휘소와 연결 된 줄이 흔들리면서 줄에 달린 작은 종들이 소리를 일으켰다.

그리고 정 방향으로 저어지던 노들이 한순간에 역방향으로 저어지면서 속도가 급히 줄여졌다.

잠시 후, '쿵!' 하는 소리가 일어났다.

뱃머리가 강변 위에 놓이고 강 위에서 포성을 일으켰던 판옥선들이 줄줄이 머리를 뭍으로 올려놓았다.

하지만 선수 문을 바로 열지 않았다.

갑판 위에서 소총으로 무장한 호위무사들이 난간으로 붙으면서 밖을 살폈다.

그리고 강물에 빠졌다가 강변으로 올라온 진압군에게 총격을 가했다.

"발포하라!"

탕! 탕!

발포 소리가 연달아 울려 퍼졌다.

판옥선이 달려오자 어안이 벙벙해졌던 징발병들이 단말마를 일으켰다.

"커헉!"

"으윽……!"

"피해라! 커헉……?!"

군관과 장수들도 총탄을 맞았다.

그리고 시위에 소신기전을 장전한 궁수들이 갑판 난간

앞에 서서 화살을 쏘아 날렸다.

폭약을 단 화살이 공중을 가로지르면서 적군에게 날아갔고, 화살을 맞은 적군이 비명을 신음을 크게 일으키면서 쓰러졌다.

혹은 주위 땅에 박히거나 방패에 가로막혔다.

하지만 이내 폭발을 일으키면서 더 큰 신음이 일어나도록 만들었다.

콰쾅!

"흐아악……!"

"아악……!"

손톱보다 작은 환이 폭약의 겉면을 덮었었다.

폭발이 일어나면서 환들이 사방으로 튀었다.

그리고 방패를 관통하면서 뒤에 있던 진압군의 신체를 강하게 파고들었다.

비명을 지르다가 피를 토하면서 절명한 진압군 병사가 있었다.

그를 본 진압군 장병들이 일제히 등을 보이면서 뛰기 시작했다.

"도망쳐……!"

포격 당하면서 전의를 상실한 장병들과 똑같이 행동했다.

그리고 그들이 강변에서 물러나자 갑판에서 신호가 있었

고, 이내 선실로 보고가 전해졌다.

"상륙지가 정리 됐습니다!"

철창을 손에 쥔 창운이 크게 소리쳤다.

"문을 열어라!"

해병 두 명이 선수 문을 활짝 열면서 선실로 빛이 들어오게 했다.

문 너머 세상이 새하얀 빛에 감싸여졌다.

그리고 상륙지가 보였다.

강변으로 다리가 내려지고 창운이 제일 먼저 땅 위를 밟았다.

그가 앞으로 달리자 따라 상륙한 해병들이 뛰기 시작했다.

"전군 돌격!"

"상장군을 따르라! 돌격!"

"와아아아아!"

"대고려국! 만세!"

화기를 든 해병들이 쏟아지기 시작했다.

하나같이 불씨 없이 쏠 수 있는 조선 소총을 손에 쥐고 있었다.

그리고 화포와 완구를 비롯한 중화기들이 신속히 판옥선으로부터 내려지기 시작했다.

강변의 작은 언덕 위로 해병들이 올랐고, 이미 전열이 무너질 대로 무너진 당나라 진압군을 만났다.

창운이 직접 손으로 가리키면서 발포 명령을 내렸다.

"3열 발포 준비! 포수 조준! 발포!"

타타탕! 타탕!

"2열 조준! 발포!"

타타탕!

"3열 조준!"

창운의 명령을 따라 해병들이 소총을 발포하고 총탄을 장전했다.

그리고 그 속도가 당나라 총병에 비해서 배 이상이나 빨랐다.

장전 속도만큼이나 발포가 이뤄지는 시간차도 매우 짧았다.

때문에 진압군 장병들이 비를 맞듯 총탄을 맞게 됐다.

실수 하나 없는 장전 덕분에 버벅임도 없었고, 종 형태의 탄환이 총신의 강선을 따라 돌면서 정확도까지 더해져 있었다.

다소 먼 거리에 있던 진압군까지 총탄을 맞고 쓰러지게 됐다.

"어흑……!"

"이보게?! 이보게! 이보게!"

한 징발병이 쓰러지자, 그와 함께 끌려온 친우가 놀라면서 다급히 소리쳤다.

그리고 총성을 일으키는 고려군을 봤으니, 앞의 황군을 한 번 휩쓸고 다시 돌진하기 시작했다.

"돌격!"

"와아아아!"

기세를 높이면서 달려들고 있었고, 그중 맨 앞에서 달리는 사람이 매우 위험해 보였다.

창을 휘두를 때마다 푸른빛이 번뜩이고 있었다.

그리고 빛이 번뜩일 때마다 마치 공기가 어는 듯했다.

진압군 장수 중 무예에 자신 있는 자가 창운에게 덤벼들었다가 그대로 철창에 관통 당했다.

"커헉……?!"

"설마하니, 내가 창을 들었다고 해 볼만 상대라 여긴 것은 아니겠지? 그 교만함과 멍청함에 대가를 치르게 해 주마!"

"크흡……!"

가슴이 뚫린 진압군 장수의 몸이 들리면서 내던져졌다.

그 모습을 보고 징발병들이 얼어붙었고, 친우를 잃은 병사까지 겁먹으면서 주저앉아 버렸다.

고려군에 수 천 명 이상을 상대할 수 있는 맹장이 선두에서 있었다.

그리고 화기로 무장한 병사들이 여전히 그 위력을 드러

내고 있었다.

총성을 일으키면서 도망치는 군사들을 죽였고, 당나라 말이 가능한 장수가 총성을 이겨내는 고함으로 진압군에게 알렸다.

"무기를 버리고 항복 의사를 밝혀라! 그러면 살려줄 것이다! 도망치는 자는 항전하는 자로 여길 것이다! 무기 버리고 손들어! 어서!"

그 말을 듣는 자와 듣지 않는 자가 각각 절반이었다.

그리고 듣지 않는 자는 그저 이성을 잃고 도망칠 뿐이었다.

여지없이 그들에겐 해병들의 총탄이 날아들게 됐다.

"투항을 거부하는 자들이다! 발포하라!"

재포격 하는 화포의 포탄이 날아들었다.

땅이 뒤집어지면서 도망치는 징발병의 신체 또한 뒤집어졌다.

"으아악!"

수 천 비명 소리가 모여서 하늘을 메우고 있었다.

성벽 위의 적군을 전부 밀어낸 반군이 고려군의 싸움을 구경하고 있었다.

"역시 고려군이야!"

"황군 놈들이 힘 하나 못 쓰고 쓸려나가고 있어!"

"저 배 위의 천자포들을 봐! 계속해서 쏘고 있어!"

주먹을 불끈 쥐면서 탄성을 일으켰다.

사지와 절망 속에서 건져진 후 희망을 보기 시작했다.

그 희망은 거짓을 포함한 불의를 모두 무너뜨리고 백성을 위한 나라를 세우는 것이었다.

함성을 일으키면서 기뻐했다.

"와아아!"

"아군이 승리한다!"

소리치는 백성들의 모습이 장손무기의 눈에 박히고 있었다.

상처 많은 승리를 거두다

백성들이 용기를 얻었다.

"우리가 이긴다!"

승리를 확신하는 백성들의 함성을 보면서 손에 들었던 검을 장손무기가 내렸다.

환갑이 넘은 노신을 이끌면서 직접 검을 들고 성벽 위의 진압군을 상대로 싸웠다.

그의 갑옷과 얼굴과 백발에 적군과 아군의 피가 잔뜩 묻어 있었다.

거칠게 쉬어지던 숨이 천천히 가라앉았다.

환하게 웃은 반군의 군관이 장손무기에게 말했다.

"고려군이 왔습니다! 놈들이 정말로 우리와 맺은 약속을 지켰습니다! 고려 놈들의 화기에 황군이 흩어지고 있습니다!"

군관의 환호에 장손무기가 힐끔 쳐다보고 전장을 보았다.

고려군의 총격과 포격이 이뤄지고 있었고, 아직 병력에서 몇 배에 달하는 황군이 짓이겨지고 있었다.

비명과 아우성이 전장에 가득했다.

죽어가는 진압군을 보면서 어깨를 들썩였다.

그의 떨리는 손에서 검이 떨어졌다.

장손무기가 전율을 느끼는 것이라고 군관이 생각했다.

하지만 그의 눈에서 눈물이 떨어졌다.

"크흑… 흐흐흑…… ."

"어르신……?"

"흐흐흑… 흐흑…… ."

"아군이 이겼습니다. 하온데 어찌……?"

눈물을 흘리는 장손무기의 반응에 군관이 의아하게 여겼다.

결코 기뻐서 흘리는 눈물이 아니었다.

깊은 슬픔과 안타까움이 그의 온 얼굴을 적시고 있었다.

죽음으로 채워지는 전장을 보면서 결코 시선을 바로 둘

수 없었다.

"우리 백성들이… 죽어가고 있네… 설령 우릴 토벌하기 위해서 왔다 할지라도 말일세… 저들 또한 우리처럼 식구를 위하는 자들일세……."

"……."

환희로 가득 찼던 얼굴에 쓸쓸함이 스며들고 있었다.

장손무기의 이야기를 머릿속에 새기면서 진압군을 보았다.

그리고 그들이 본래 자신이 지켜야 할 백성이라는 것을 알았다.

황실의 명이 없었다면 그들과 싸워야 할 이유도 없었다.

고려군의 화력에 진멸되다시피 하는 진압군을 다시 보았다.

그동안 보이지 않았던 그들의 진짜 모습을 알게 됐다.

강제로 끌려온 징발병에게 총격이 이뤄지고 있었다.

타탕! 타타탕!

"커헉……!"

"항복해라! 무기를 버리고 항복해! 그러면 살려준다!"

당나라 말이 가능한 해병들이 크게 소리쳤다.

그 말을 듣고 도망치던 징발병들이 움찔했다.

멈춰선 자들에게 고려군이 달려오고 있었고, 무시하면

156

서 필사적으로 달리던 자들이 등에 총탄을 맞고 고꾸라졌다.

"크학!"

"으윽……!"

신음을 일으키면서 뛰던 자들이 쓰러졌다.

그들을 본 선 자들의 눈동자가 심하게 흔들렸다.

그중 고려군의 외침을 들은 이가 곁의 병사들에게 소리쳤다.

"손을 들어!"

"뭐……?!"

"손을 들라고 항복해야 돼!"

"노…놈들이 우릴 죽이면……?"

"그걸 걱정할 때야?! 도망치면 정말로 우릴 죽일 거야! 못 봤어?! 무기를 버리고 항복하면 살려준다고 말했어!"

"……!"

선택의 여지가 없었다.

적에게 항복하는 것은 그야말로 목숨을 내놓고 마음대로 할 수 있게 해주는 일이었다.

하지만 그런 두려움보다 당장 죽을 두려움이 훨씬 컸다.

고려군이 알린 바를 믿을 수밖에 없었다.

그렇게 들었던 친우의 이야기를 믿을 수밖에 없었다.

함께 손을 들면서 고려군에게 외쳤다.

"사…살려주십시오!"

"저희들은 강제로 끌려온 병사들입니다! 제발 살려 주십
시오……!"

"애초에 이곳에 오기 싫었습니다! 제발……!"

오열하면서 다가오는 고려군에게 애원했다.

그러자 선두에서 달리던 해병들이 그들을 죽이지 않고
그냥 지나쳤다.

뒤에서 따라붙던 해병들이 와서 항복한 징발병들을 붙들
었다.

"일일이 포로를 지킬 수 없으니까 손발을 단단히 묶어!
전투가 종료되면 다시 온다!"

"예! 어르신!"

군관이 해병들에게 명령했다.

해병들이 소지하고 있던 포승줄로 항복한 징발병들의 손
과 다리를 단단히 묶었다.

그리고 다시 뛰었다.

도망치는 진압군을 쫓고 궤멸 시켜야 했다.

함성을 일으키면서 고려의 기백을 천하에 알렸다.

"대고려국 만세!"

"만세! 와아아아!"

삼족오기가 나부끼고 있었다.

2만 넘는 진압군이 도망치고 있었고, 1만에 조금 못 미치는 해병이 전력질주로 쫓고 있었다.

그리고 그 모습이 곽대봉의 눈에 들어왔다.

부장이 다시 목소리를 높이면서 이미 무너진 전황을 알리게 됐다.

"대장군! 적군이 몰려옵니다!"

"……."

"대장군!"

"……?!"

두 번 부름을 받고서야 정신이 번쩍 들었다.

자신을 부른 부장을 곽대봉이 떨리는 시선으로 보았다.

다시 부장이 곽대봉에게 말했다.

"적군이 몰려옵니다! 대장군께서도 피신하셔야 됩니다! 아군이 놈들에게 완전히 격파되었습니다!"

보고를 듣고 다시 전장을 살폈다.

발악하다시피 총을 쏘다가 폭발한 중화 총에 파편을 맞고 쓰러지는 총병이 있었다.

그리고 그와 함께 싸우려는 총병들을 향해서 고려군의 총탄이 날아들고 있었다.

수 없이 발포되었음에도 고려군의 총은 폭발하지 않았다.

또한 뱃머리를 강변 위로 올린 고려 전선 위의 포도 폭발
하지 않았다.

20발 30발 넘게 발포해도 멀쩡한 모습을 보였다.

고려군은 화기를 마음껏 쓰고 있었고 진압군의 화기는
무용지물이 됐다.

그리고 무너졌다.

부장이 마지막으로 곽대봉을 불렀다.

"대장군!"

입술을 질끈 문 곽대봉이 부장에게 명을 전했다.

"퇴각한다! 지금 즉시 퇴각 명령을 내려라! 역적 토벌
을 포기하고 속히 전장에서 이탈한다! 명령기를 높여
라!"

"예! 대장군!"

이미 늦은 명령이었지만 전군에 후퇴 명령이 전해지게
됐다.

명령을 받은 부장이 이내 지휘부 장수와 군관들에게 명
을 전했다.

직후 명령기가 세워지면서 북소리가 나고 도망치는 징발
병들의 원성이 크게 일어났다.

"빌어먹을!"

"이제야 후퇴 명령이 내려지다니!"

"다 죽이고 퇴각 명령을 내리면 어쩌자는 거야!"

"계속 뛰어!"

도주병들에게 여지없이 화포탄이 날아들었다.

콰쾅!

"흐아악!"

다시 도망치다가 목숨을 잃게 됐다.

그리고 다시 도주를 포기하고 손을 드는 징발병들이 있었다.

무더기로 항복하기 시작했고, 그 모습을 포격 지원을 벌이던 상단 수군 장병들이 보았다.

깃발이 세워지고 북소리가 나는 곳을 선혜가 알아봤다.

"어르신! 적 지휘부입니다! 깃발이 올라온 것을 보아 적이 전군에 후퇴 명령을 내린 것 같습니다!"

선혜의 가리킴을 확인하고 안련이 슬쩍 미소를 내비쳤다.

하지만 이내 진중한 표정을 지으면서 적장에 대한 분노를 드러냈다.

"적장이 태후의 종노릇을 하며 무고한 백성들을 죽였다. 놈이 살아 있으면 앞으로 큰 희생이 일어날 것이다. 그러니 모든 화력을 적 지휘부로 쏟아 붓는다."

"예! 어르신!"

"놈이 도망치기 전에 화포로 타격하라."

"예!"

곽대봉이 있는 곳을 가리키면서 안련이 명했다.

그의 명을 받들면서 선혜가 상단 수군 장병들에게 외쳤다.

"적 지휘부를 조준해라!"

명령이 떨어지자마자 포대장들이 선수 포수들에게 명했다.

명령기를 높이고 주변 전선들에게 수신호를 전했다.

깃발이 솟아오른 적 지휘부를 향해서 선수 화포들이 방향을 틀었다.

화포탄이 장전 된 상태에서 포수들이 포대장들의 명을 기다렸다.

"조준! 발포!"

뻐버벙! 뻐벙!

"재장전!"

화포를 발포하고 신속히 포탄 장전을 벌여 나갔다.

포격이 이뤄졌을 때 빗맞으면, 놀란 표적이 재빨리 도망가는 법이었다.

표적이 도망가기 전에 잡아야 했다.

그리고 곽대봉과 지휘부가 있는 곳 주위에서 흙기둥이 치솟기 시작했다.

군사들을 때리던 포탄이 지휘부로 날아들자 이내 장수들과 군관들이 크게 소리를 일으키면서 엎어졌다.

둔탁한 소리가 사방에서 일어났다.

쾅! 콰콰쾅!

"크악?!"

쓰러진 장수가 신음 소리를 크게 냈다.

직격으로 포탄을 맞은 군관이 사람의 형체를 잃어버렸다.

포탄이 날아들면서 지휘부 주변 땅들이 파이기 시작하자 철수를 준비하던 곽대봉의 몸이 얼어붙었다.

그때 그의 부장이 공중으로 뛰어 올랐다.

꽝!

"흐악?!"

"마…마영?!"

부장의 이름을 곽대봉이 부르면서 달려갔다.

땅에 떨어진 부장의 몸이 피투성이였고 이미 머리가 깨져 있는 것을 알게 됐다.

머리와 닿은 땅이 피로 흥건해져 있었다.

아직 정신이 남아 있는 부장이 목소리와 손을 떨면서 마지막 당부를 전하게 됐다.

"대장군… 속히 피신하셔서……."

말을 잇지 못했다.

말을 다 하지 못하고 절명해 버렸다.

"마영!"

부장의 이름을 한 번 더 부르고 몸을 흔들었다.

하지만 초점을 잃은 눈동자를 하늘로 치켜세울 뿐이었다.

숨을 거둔 부장의 모습이 도저히 믿어지지 않았다.

그때 하늘을 울리는 천둥소리가 크게 일어났다.

쿠쿠쿵! 쿠쿵!

"이런, 빌어먹을……."

고려 수군 전선들 위에서 불빛이 번쩍였다.

하얀 포연이 뿜어져 나왔고, 이내 주위 땅들이 갈아엎어질 것이라는 것을 알았다.

검은 구체가 눈앞에서 번쩍하듯이 보였다.

포탄들이 날아들면서 흙기둥으로 곽대봉과 그의 부장의 시신이 사라졌다.

그리고 10만 군사들에 대한 지휘가 펼쳐졌던 곳이 지워졌다.

초토화가 나면서 당의 지휘부가 사라지게 됐다.

포격 받은 곽대봉의 신체는 수십 뒤에서나 발견될 일이었다.

당의 지휘부가 무너지고 해병 1사단의 마지막 부대가 금릉 땅을 밟게 됐다.

"돌격!"

"도망치는 적을 살려두지 마라!"

1천 기에 달하는 기병대가 판옥선에서 하선했다.

　강변에서 전열을 갖추고 흙먼지 구름을 일으키면서 진압
군의 도주 방향을 향해 달리기 시작했다.

　그로부터 한 시간이 지나서 모든 전투가 끝났다.

　다시 하루가 지나서 온 세상에 전과가 알려지기 시작했다.

영수와 충돌하다

거란 땅인 영주에서 당나라 말이 아닌 고려 말이 울려 퍼졌다.

"이동한다! 이동 간에 경계의 틈을 보이지 마라! 사주 경계를 철저히 하고 특이점이 있으면 즉시 보고 하라!"

"예! 장군!"

"수레를 천천히 몰아라! 백습으로 향한다!"

장수의 명을 따라 수십 대에 달하는 수레들이 움직이기 시작했다.

고삐 줄이 튕겨지면서 말들이 천천히 발굴을 옮겼고, 수레에 타고 있던 병사들이 사방 먼 곳까지 철저히 살피기 시작했다.

그들이 옮기고자 하는 것은 막대한 탄약과 군량이었다.

백습으로 향한 상태왕과 천군의 군사들에게 충분히 먹고 싸울 수 있도록 보급을 전하고자 했다.

그 모습을 영주성 위에 선 거란 군사들이 지켜봤다.

그리고 더욱 먼 곳에 세워진 깃발들을 보았다.

휘날리는 삼족오 기를 보면서 거란 병사들이 서로 이야기 했다.

"저렇게 가까이 고려군이 진격해 와서 주둔하고 있다니……."

"이제 싸울 일은 없으니까. 우리가 다시 당나라를 따르지 않는 이상 놈들과 우리가 싸울 일은 없을 거야."

"당군이라면 성에 주둔했을 텐데 놈들은 밖에서 군영을 세웠어. 백성들에게 폐를 끼치게 된다는 이유로써 말이야. 얼마 전까지 싸우고, 고려 백성도 아닌데 우릴 이렇게 대해 준다는 게 이해되지 않아."

"우리에게 솜옷과 양식을 나눠 줬어."

"우리에게 이 정도면 자기네 백성들에게는 더 잘 해 줄 거야."

"어쩌면 고려 백성이 되는 것이 나을 지도 몰라……."

항복한 후에 고려군이 보여줬던 자비와 아량을 기억했다.

상태왕과 천군이 와서 자신들을 굴복 시켰고, 그 후에 송 막의 백성들이 부족하게 지낸 적이 없었다.

식구를 잃은 슬픔은 분명히 있었다.

하지만 앞으로 다시 그런 슬픔을 겪을 것이라는 불안감 은 없었다.

성 밖에 몰려온 고려 수 만 대군이 군영을 세우면서 주둔 하고 있었고, 그들이 결코 영주를 치지 않을 것이라는 생 각이 들었다.

당나라 편에 서지 않고 고려에 맞서지만 않으면 더 이상 괴로운 일이 없을 것이라고 생각했다.

그렇게 고려에 대한 원한을 지우고 두려움마저도 지웠 다.

또한 자신들마저 품어내는 고려의 위대함을 경험했다.

그런 나라의 백성이면 좋겠다는 생각이 들었다.

화기로 무장한 고려 1군단이 영주를 비롯한 요서에 주둔 하고 있었다.

북서쪽으로 향한 상태왕과 천군의 군사들을 연결 시켜주 고 있었고, 백습에서 전해지는 소식들을 고려 평양으로 전 해주었다.

요하에 부교가 설치되어 있었고, 그 위로 말 찬 전령이 전력질주 했다.

요동성에 이르러 말을 갈아탄 뒤 내원으로 향했다.

그리고 다시 출발하여 평양에 도착했으니, 양만춘을 통해 태왕인 해정에게로 보고가 전해졌다.

편전에서 두 사람이 함께 하고 있었다.

다소 편한 분위기 속에서 양만춘이 차를 마시는 가운데, 상석에 앉은 해정이 천천히 보고문을 읽어 내렸다.

그리고 양만춘에게 말했다.

"용호대장이 백습에 머물렀다는 것을 이번에 처음 알았습니다. 덕분에 연이 있어서 큰 충돌 없이 머무르게 되었습니다. 심지어 백습에 파견된 당나라 관리가 사로잡혔고 말입니다. 용호대장이 백습에서 스승을 두고 무예를 익혔다는데, 좌의정은 혹시 알고 있었습니까?"

"몰랐습니다."

"스승이 설태천이라고 하는데, 혹시 압니까?"

설태천에 대해서 해정이 물었고, 양만춘이 알고 있는 대로 알려줬다.

"솔직히 신도 그를 만난 적은 없습니다."

"그렇습니까."

"하지만 명성을 들은 바가 있습니다. 어쩌면 영의정 어르신보다 강할 수도 있는 무장이라는 것을 말입니다. 때문에 폐주를 곁에서 호위했지만, 끝내 상태왕 폐하와 영의정 어르신과 함께 하면서 폐주를 몰아낸 것을 알고 있습니다.

그 뒤로 사라졌다는 이야기만 들었습니다."

양만춘의 이야기에 해정이 고개를 끄덕였다.

그리고 용호대장이 어떻게 뛰어난 무예를 익히게 됐는지 알게 됐다.

나름의 사연이 있는 듯했고 순조롭게 서북 교역로를 개척하는 듯했다.

태왕위를 물려주면서 자유를 얻게 된 아버지가 선태왕처럼 정예군을 이끌고 진격했다.

세상에 고려가 있음을 알리고 함께 할 수 있는 부족과 나라들의 수를 늘리려 했다.

또한 백성들에게 더욱 넓은 세상이 있음을 알려주려 했다.

고려를 용납하지 못하는 존재들을 사방에서 포위하는 것도 목표였다.

아버지를 천군이 돕고 있었고, 그가 무사히 평양으로 돌아오기를 소망했다.

환한 천군의 미소가 눈앞에서 아른거렸다.

또한 그의 곁에 용호대장이 있음을 다시 깨달았다.

기분이 몹시 침울해졌다.

전처럼 마음에 구멍이 난 것 같은 느낌을 받진 않았지만, 깊은 허전함을 느낄 때가 있었다.

그리고 그때가 바로 지금이었다.

그래서 더더욱 나라와 백성을 위하고자 했다.

아버지에 대한 걱정을 두 사람을 통해서 해소하고 있었다.

"스승님과 용호대장이 있어서 아바마마께 대한 걱정이 되지 않습니다. 속말부사도 있고 말입니다."

"예. 폐하."

"영의정이 직접 정예군을 이끌고 요서로 진격했기에, 당나라가 아바마마와 스승님을 공격할 순 없을 겁니다. 참으로 든든합니다."

받은 보고문을 접으면서 해정이 미소 지었다.

앞으로 고려가 더욱 큰 나라가 될 것이라는 것을 믿었고, 태왕의 부푼 기대에 양만춘도 따라 미소 지었다.

천군이 꿈꾸는 고려가 곧 그들이 바라는 고려였다.

후에 하늘나라처럼 하늘 길을 여는 때가 오기를 소망했다.

동쪽 넓은 바다 너머 큰 대륙을 질주하는 것도 꿈꿨다.

그렇게 상상하며 꿈꾸고 있을 때 해정이 국내에 관한 소식을 양만춘에게 물었다.

"삼한에서 민생에 관련된 보고가 올라왔다고 들었습니다. 희소식은 아니라고 들었는데, 어떤 소식입니까?"

천군에 관한 보고문을 전하면서 양만춘이 언질 했다.

그가 두 번째 보고문을 해정에게 전해주면서 대답했다.

"호환에 관한 보고입니다."

"호환이라고 말입니까?"

"금성에서 백성들이 경작지를 넓히다가 호랑이의 습격을 받았습니다. 백성 2명이 크게 다치고 3명이 목숨을 잃었습니다. 총독부 치안부사가 호랑이 퇴치에 나섰습니다."

보고를 듣고 해정이 미간을 좁혔다.

백성이 죽은 일이었기에 편히 표정을 지을 수 없었다.

굳은 표정으로 받은 보고문을 펼쳤고, 안에 써져 있는 내용들을 면밀히 살피기 시작했다.

때는 북풍이 부는 겨울 초입이었다.

높았던 하늘에 먹구름이 밀려들면서 비를 쏟아낼 준비를 했다.

하지만 빗방울은 이내 하얀 눈으로 바뀌었고, 겨울에 하얀 옷을 잘 입지 않는 진한 대지 위로 떨어졌다.

산과 들이 하얗고도 차가운 솜옷 이불을 덮고 있었다.

그 위로 사람들이 지나면서 발자국을 새겨 넣었다.

맹수의 발톱에 뜯어지기 쉬운 찰갑이 아닌, 긁히기만 하는 판갑을 입고 숲으로 천천히 움직였다.

사냥꾼이 되어 소총과 활을 든 상태에서 한 발자국씩 움직였다.

172

그러다가 눈밭 위에 새겨진 짐승의 발자국을 발견했으니, 그 발자국은 삵이나 표범 같은 짐승이 새기는 발자국이었다.

2열이 아닌 1열로 발자국이 이어져 있었다.

흔적을 따라 천천히 움직이면서 긴장감을 끌어올렸다.

그리고 선두에 선 자가 멈춰 섰으니, 따라가던 자들까지 일제히 멈춰 섰다.

고요함 속에서 거칠게 일어나는 숨소리를 들었다.

앞장서던 이가 뒤쪽으로 조용히 수신호를 보냈다.

'간격을 벌리셔야 됩니다.'

수신호를 확인한 군관이 병사들에게 지시했다.

똑같이 수신호로 지시를 내린 뒤, 소총을 단단히 붙들고 앞으로 향했다.

그리고 나무 뒤로 바짝 붙어서 몸을 숨겼다.

머리만을 살짝 내밀어서 숲 안쪽에 온 기운을 뿜어내는 영수를 보았다.

위엄 찬 줄무늬가 온몸에 새겨져 있었고, 윤기로 빛나는 금빛 털이 숲으로 온 사람들에게 두려움을 안겨다 주었다.

차라리 사람을 상대하는 것이 나을 수도 있었다.

사람의 행동은 예측할 수 있지만, 맹수들의 왕으로 군림하는 산군의 행동은 어느 누구도 예측할 수 없었다.

활 든 자는 화살을 장전해서 싸울 준비를 했고, 미리 소
총을 장전해 둔 소총수들은 격발기를 당기면서 산군을 맞
힐 준비를 했다.

총구를 천천히 범에게 겨누기 시작했다.

그때, 기색이 예민한 날짐승이 하늘로 날아올랐다.

까악! 까악!

"……?!"

까마귀가 날아오르면서 가지에 쌓여 있던 눈이 떨어졌
다.

사슴을 사냥한 범이 놀라서 돌아보다가 나무 뒤에 숨은
존재들을 보게 됐다.

일순 시선이 마주치면서 온몸이 굳어버렸다.

서로가 서로에게 살기를 보내고 있었다.

자신을 죽이려는 존재가 나무 뒤에 있음을 범이 깨달았
다.

이내 날카로운 이를 드러내면서 우렁차게 울었다.

어흥!

"큭?!"

"이런……!"

포효를 듣자 머리털이 곤두 설만큼 소름이 돋았다.

범의 숨소리만 들어도 보통의 짐승이 어째서 굳어버리는
지 깨닫게 됐다.

한순간에 공포가 밀려들었고, 범이 눈바람을 일으키면서 달려오는 것을 보게 됐다.

이성이 잠시 떠나 있는 순간 거리가 순식간에 좁혀졌다.

"뭣들 하는가?! 어서 쏴!"

군관의 외침에 사냥에 나선 병사들이 정신을 차렸다.

속히 소총을 산군에게 조준했고, 화살을 장전한 궁수가 범을 노리면서 시위를 당겼다.

앞으로 달려온 범을 향해서 방아쇠를 당기고 화살을 쏘아 날렸다.

천둥소리가 나면서 몇 발의 총탄이 범의 앞가슴으로 날아들었다.

피 구멍이 생기면서 범이 고통을 느꼈는지 비명에 가까운 소리를 냈다.

크아앙! 크앙!

"우왁?!"

비명이 아닌 발악하는 소리였다.

귀를 찢을 듯한 울음소리를 내면서 소총을 발포한 병사에게 앞발을 휘둘렀다.

하지만 두꺼운 나무 기둥에 막히면서 발톱 자국만 남게 됐다.

놀란 병사가 뒤로 자빠졌다.

이내 산군이 다른 사람을 노리려 하자, 신속히 총탄을 장전한 사람이 범을 노리고 방아쇠를 당겼다.

탕!

총소리와 함께 범의 몸이 들썩였다.

범의 입과 코에서 피가 쏟아졌다.

하지만 개의치 않았다.

몇 번의 총탄을 맞고 화살을 맞았음에도 쓰러지지 않고 있었다.

괜히 산군이 아닌 듯했다.

"맙소사, 저 놈……!"

"왜 안 죽어?!"

"몇 발이 맞았는데 어째서……."

다시 범이 뛰기 시작했다.

"놈이 달려든다!"

"부사 어르신!"

마지막으로 총을 쏜 사람에게 범이 달려들었다.

그리고 총을 쏜 이가 장전하기를 포기했으니, 그는 허리에 차고 있던 검을 뽑아들면서 범을 상대하려고 했다.

검 날에 일곱 개 별이 새겨진 검을 김법민이 뽑아들었다.

그가 발톱을 세우고 육중한 몸을 날린 산군에게 검을 휘둘렀다.

마치 기를 뿜어내는 무장들처럼 검의 빛이 뿌려졌다.

그 빛이 위엄으로 가득 찬 존재의 목과 두 발을 지나갔다.

이후로 숲에서 산군의 울음소리가 들리는 일은 없었다.

호환을 지워진 마을에 평안과 위로가 함께 들어왔다.

다시 백성을 위로하다

맹추위가 몰아쳤다가 잠시 날이 풀리면서 쌓였던 눈이 녹아내렸다.

얼었던 땅이 다시 녹으면서 성벽과 같았던 단단함이 사라졌다.

햇볕이 잘 드는 양지바른 곳 위에 구덩이들이 생겼고, 구덩이에 돌 판이 깔리면서 사각의 틀이 만들어졌다.

그 안에 비단으로 감싸인 시신들이 내려졌다.

구덩이는 죽은 자들이 묻히는 무덤이었고, 덧널로 덮이는 무덤은 주로 지체 높은 자들이 묻히는 무덤이었다.

하지만 비단에 감싸인 자들은 결코 지체 높은 자들이 아니었다.

어디에서도 볼 수 있는 백성이었다.

나이만 많으면 그들을 상대로 얼마든지 반말을 할 수 있었던 존재들이었다.

그런 자들이 죽고 나서야 존귀함을 얻는 위로를 받게 됐다.

하지만 그다지 의미 없는 일이었다.

"흐흑… 여보…….."

"성하야… 그 놈의 범 새끼만 아니었어도…….."

"크흐흑… 흐흑… 아버지……!"

어느 여인에게는 남편이었고, 어떤 노부부에게는 자식이었다.

그리고 어떤 소년의 아비였으니, 식구를 잃은 유족들이 무덤에 안치 된 식구의 시신을 보면서 눈물을 흘리고 있었다.

그 모습을 마을 주민들과 군사들이 보고 있었다.

또한 호랑이를 퇴치한 법민이 지켜보았다.

백성이 희생당한 모습을 지켜보는 것은 몇 번이나 되어도 마음 편한 일이 아니었다.

단 한 사람이 죽어도 그를 지켜내지 못한 죄책감이 있었다.

그렇게 무거운 마음으로써 지켜보고 있었다.

지하로 내려간 사자들이 세상과 영원한 이별을 하려고
했다.

그때 곡소리보다 큰 외침이 울려 퍼졌다.

"태왕 폐하 납시오!"

"……?!"

목청 좋은 장수의 외침에 울고 있던 유족이 울음을 멈춰
버렸다.

자신들이 들었던 것에 대해서 의심하고 있었다.

"방금 뭐야……?"

"태왕 폐하께서 오신다고…….."

한 번 더 외침이 울려 퍼졌다.

"태왕 폐하 납시오! 신료와 백성들은 폐하께 예를 갖추
시오!"

"……?!"

그제야 자신들이 들은 것이 진짜라는 것을 알았다.

그래서 오히려 귀가 의심될 지경이었다.

하지만 무덤 터로 다가오는 사람들을 보면서 머리를 숙
이며 예를 갖출 수밖에 없었다.

엄정해 보이는 군사들과 함께 내관과 하녀들이 앞장서서
걸어왔다.

그리고 기품이 넘치는 여인이 천천히 걸어왔으니, 그녀
를 본 백성들이 형언할 수 없는 위엄과 인자함을 느끼게

됐다.

어쩌면 그녀가 입고 있는 옷 때문일 수도 있었다.

혹은 그녀의 아름다운 외모 때문일 수도 있었다.

하지만 가까운 곳에서 그녀를 보았던 백성들이 있었다.

'맙소사!'

'태왕 폐하께서 오시다니! 대체 무슨 일이야……?!'

'어째서 폐하께서 오신 거지……?!'

태왕이 태왕녀 시절에 신라라 불린 진한 곳곳을 누볐다.

큰 고을 작은 고을을 가리지 않고, 발 길이 닿는 곳에서 백성들을 위로하고 오히려 백성들에게 용서를 구했다.

그런 그녀의 진심을 보았고, 그녀가 태왕 위에 오른 뒤로는 그것이 큰 은혜였다는 것을 알게 됐다.

전심으로 여인인 태왕을 위해서 모든 것을 바치려고 했다.

삼국을 통일한 상태왕에 이은 위대한 군주였다.

그런 이가 금성 총독인 김유신과 함께 와 있었다.

예를 차린 상태로 그녀를 다시 만난 사실이 믿어지지 않았다.

해정의 행차를 확인한 법민이 급히 와서 머리를 숙였다.

"폐하."

그와 고을을 다스리는 관리들과 군사들이 일제히 예를
올렸다.

인사를 받은 해정이 법민과 관리들을 찬찬히 훑었다.

비록 희생당한 백성들이 있었지만 그들을 통해 남은 백
성들이 지켜질 수 있었다.

그들의 고단함이 정리되지 못한 옷차림과 얼굴에서 묻어
나고 있었다.

법민에게 해정이 향해 있을 때, 그녀에 대한 인사를 법민
이 마저 전했다.

"폐하께서 행차하실 줄은 전혀 몰랐습니다. 혹시 호환에
관한 소식 때문에 친히 행차하셨습니까?"

"맞소."

"상태왕 폐하와 우의정 어르신께서 서북 방면으로 가신
것으로써 알고 있습니다. 영의정 어르신께서도 요서로 진
격하신 것으로써 알고 있사온데, 하오면 평양엔……."

도읍을 걱정하면서 법민이 말했다.

그 말에 해정이 미소를 보이면서 대답했다.

"좌의정이 있으니 괜찮소. 그 외에 평양부사나 호조판서
같은 대신들이 남아 있으니 말이오. 짐이 평양에 없다고
해서 반란을 일으킬 자들이 아니니, 짐은 짐의 충신들을
믿고 있소. 그리고 함께 선정을 베풀 것이오. 짐을 대신해

182

서 잠시 정사를 살펴줄 것이오."

양만춘과 유온과 서온찬에 대한 믿음을 드러냈다.

또한 진하와 동생인 인문을 비롯한 대신들이 남아 있는 듯했다.

수행 관리를 최소한으로 하면서 급히 고타야에 온 듯했다.

그리고 그 이유가 무엇인지 법민이 알고 있었다.

해정이 무덤 앞에 서 있는 백성들을 보면서 물었다.

"저들이 유족이오?"

"예. 폐하."

"호환을 겪어서 참으로 슬프겠소. 짐이 친히 유족들을 위로할 것이오."

사정이 되지 않는다면 어쩔 수 없는 일이었다.

하지만 슬픔에 빠진 백성들을 위로할 수 있기에 마땅히 그렇게 하려고 했다.

해정이 의지를 보이면서 백성들에게 나아갔고, 유신과 법민과 고타야의 관리들이 따라 움직였다.

유족들 앞에 해정이 서자, 그녀를 본 유족들의 표정이 얼떨떨했다.

"폐⋯폐하⋯⋯."

눈물로 인해서 얼굴이 퉁퉁 부어 있었다.

지아비를 잃은 여인과 아비를 잃은 자녀와 자식을 잃은

부모들의 슬픔이 여전히 걷히지 않았다.

그리고 어쩌면 앞으로도 계속 슬픔이 남아 있을 수 있었다.

그 무게를 덜어내는 것이 군주의 일이며 의무라고 생각했다.

지아비를 잃은 여인의 손을 해정이 잡아줬다.

"이 손이 참으로 무겁구나."

"폐하……."

"지아비를 잃고 홀로 자녀를 길러야 할 테니까 말이다. 짐이 무엇을 말해도 위로되지 않을 것이다. 이미 떠나버린 지아비의 빈자리를 어떤 것으로도 메울 수 없다는 것을 안다. 하지만 짐이 너와 자녀들에게 희망을 줄 것이니, 적어도 너의 자녀들이 꿈을 품을 수 있게 해 줄 것이다. 후손들이 번영하는 꿈을 말이다."

"네. 폐하……."

"짐을 믿고 지켜봐 달라."

해정이 여인의 손을 어루만지면서 말했다.

태왕이 친히 와서 위로하자 그녀가 어떤 말을 하던 이미 그 전에 위로를 받고 감동을 받았다.

여인이 눈물을 흘리면서 감사의 뜻을 전했다.

"참으로 감사합니다… 소인… 어떤 보답을 드린다 하여도 폐하께서 주신 은혜를 갚지 못할 것입니다… 참으로 감사합니다…….."

위로를 받은 여인 뿐 아니라 다른 유족들까지 눈물을 흘리면서 받은 감동을 나타냈다.

그들의 감사에 해정 또한 작은 감동을 받았다.

그들과 함께 나라를 이루며 미래를 밝혀가고 있었다.

여인과 함께 서 있던 어린 두 자녀의 머리를 쓰다듬어 줬다.

그렇게 위로가 전해진 후 석판이 덮이면서 위로 흙이 뿌려졌다.

흙이 채워진 후에 작은 봉분이 만들어지고 앞에 목판으로 된 제단과 비가 세워졌다.

고타야를 다스리는 관리가 감독하면서 호환을 당한 백성의 마지막 길을 책임졌다.

그렇게 유족들의 위로가 마무리 되었다.

봉분이 만들어진 곳 먼 곳에 죽은 범의 시체가 놓여서 화기로 무장한 군사들이 지키고 있었다.

그 앞으로 해정이 유신과 함께 이르렀다.

흰자위를 보이고 혓바닥을 내민 채 죽은 범의 목이 거의 반쯤 떨어져나가다시피 하고 있었다.

그런 범의 죽은 모습을 보고 해정이 유신에게 물었다.

"치안부사가 검으로 죽였다는 이야기를 들었는데 맞소?"

"예. 폐하."

"화기가 있는데 어째서 검으로……."

더 좋은 무기가 있음에도 검을 썼었다는 말에 해정이 의문을 나타냈다.

그리고 그녀의 의문에 유신이 범 시체를 가리키면서 이야기 했다.

"몸놀림이 매우 빨랐습니다. 때문에 소총에서 발포된 총탄을 다 맞지 않고 일부만 맞았습니다. 물론 치명적인 곳에 총탄을 맞고 화살까지 맞았지만, 치안부사와 착호군의 보고로는 호랑이가 필사적이었다고 합니다."

"필사적이었다고 말이오?"

"아마도 저기 새끼들을 지키기 위함이었던 것 같습니다."

"……."

"근처 굴에서 범 새끼들을 잡았는데, 어미가 나타나지 않은 것을 보아, 이 범이 어미인 것 같다고 보고했습니다. 그리고 마침 암놈입니다. 덕분에 이 주변에서 호환은 당분간 없을 것입니다."

유신의 이야기를 듣고 해정이 고개를 끄덕였다.

함께 있던 한 관리가 서로 부둥켜안은 범 새끼들을 보면서 이를 갈았다.

"이 놈들도 죽여야 됩니다. 크면 반드시 사람을 해칠 것입니다.”

그 말에 유신도 동의의 뜻을 전하려 했다.

범 새끼들을 죽여서 후환을 없애려고 했다.

직접 검을 뽑아서 죽이려 할 때 그를 법민이 가로 막았다.

“치안부사.”

“⋯⋯.”

“어찌 막는 것이냐?”

유신이 묻자 잠시 생각에 잠겼던 법민이 대답했다.

“어쩌면 잘못한 것은 범이 아닐지도 모릅니다.”

“무슨 뜻이냐?”

“말씀 드린 대로입니다. 범은 숲에서 나온 적이 없고, 오히려 우리가 숲으로 들어갔습니다. 경작지를 넓히고 벌목으로 장작을 얻는다는 이유로써 말입니다.”

“⋯⋯.”

“범 입장에서는 우리가 침입자일 수 있습니다.”

그 말에 유신이 미간을 좁혔다.

어쩌면 유족이 들었을 때 매우 화가 날 수 있는 이야기일 수 있었다.

고타야를 다스리는 관리와 함께 선 군사들도 같은 생각을 했다.

하지만 곰곰이 생각하자 치안부사가 한 말이 옳을 수도

있겠다 싶었다.

범 입장에서는 숲으로 들어오는 사람들이 침입자일 수밖에 없었다.

또한 범에게는 반드시 지켜야 하는 새끼들이 있었다.

하지만 꼭 범의 입장에서만 생각해선 안 되는 것이 있었다.

해정이 법민에게 반문했다.

"그러면, 벌목과 개간을 멈춰야 되는 것이오?"

태왕의 물음에 법민이 고개를 가로저으면서 대답했다.

"개간해야 됩니다."

"백성들을 위해서 말이오?"

"범의 입장이 이해되지만 우리의 입장도 반드시 있습니다. 그리고 폐하께서는 백성을 사랑하시고, 신은 폐하께 충성을 바쳐야 됩니다. 평지와 산의 경계까지 벌목을 이루고 경작지를 넓히셔야 됩니다. 그렇게 하셔서 이 나라의 부와 후손들의 번영을 이루셔야 됩니다. 그리고⋯⋯."

마땅히 해야 되는 일을 알리면서 겁에 질린 범 새끼를 보면서 말했다.

"사람 때문에 힘이 희생되었으니, 적어도 새끼만큼은 살려야 됩니다. 그것이 신이 생각하기에, 마땅한 도리입니다. 적어도 사람이 짐승보다는 나아야 됩니다."

법민의 이야기가 태왕과 관리들의 귓속으로 깊게 파고들었다.

살생을 피하다

백성을 지켜야 되는 치안 부사였다.

그리고 범은 언제든지 백성을 해칠 수 있는 존재였다.

범의 새끼를 살리자고 치안부사인 법민이 주장했으니, 그것을 들은 고타야의 관리가 불만이 조금 섞인 말투로 이야기 했다.

"어르신의 말씀은 충분히 이해됩니다. 하지만 새끼를 살려두면 결국 자라서 백성을 해칠 것입니다. 혹, 어르신께서는 범 새끼들을 키우실 것입니까?"

법민이 대답했다.

"아니오."

"하오면……."

관리가 다시 묻던 중에 김유신이 나서서 법민에게 말했다.

"치안부사도 알고 있겠지만 이런 일은 수없이 일어날 것이다. 꼭 범이 고타야 주변 숲에만 사는 것은 아니니까 말이다."

"……."

"이 나라 어떤 산이나 숲에도 범은 있을 것이고, 범이 백성들을 해치려 한다면 죽여야 한다. 그리고 치안부사의 방식대로 하자면 앞으로도 계속 범 새끼를 죽이지 않고 살려야 된다. 문제는 어떻게 살리느냐다."

"……."

"어떻게 살리겠느냐?"

유신의 물음에 법민이 곰곰이 생각했다.

당장 눈앞의 새끼부터 죽이는 일이 쉬운 일이었다.

어미를 죽인 검으로 새끼의 몸에 검 끝을 찔러 넣으면 그만이었다.

하지만 쉬운 길이라고 정답인 것은 아니었다.

최선은 벌목과 경작지를 넓히면서 범조차 살리는 일이었다.

새끼만 어떻게 살리는지도 최선은 아니었다.

어떤 문제로 범과 충돌이 일어나게 되는지 곰곰이 생각

했다.

그리고 결론을 내렸다.

'결국, 영역 문제다. 사람의 영역이 넓어지면서 범의 영역과 맞닿았기 때문이다. 그렇다면 영역이 마주치지 않으면 된다.'

결론을 내리면서 고민을 끝냈다.

유신에 이어서 해정이 법민에게 물었다.

"어떻게 살리겠소?"

법민이 북쪽 먼 하늘을 바라본 뒤 이야기 했다.

"흑수 너머로 보내는 것이 어떨까 합니다."

"흑수 너머로 보낸다고 말이오?"

"신이 직접 가본 적은 없지만, 흑수 너머 북쪽 숲엔 인적이 없는 것으로 알고 있습니다. 때문에 새끼들을 좀 더 키운 후에 풀어주면 어떨까 합니다. 마찬가지로 이 땅 위에 사는 범들을 잡아서 흑수로 보내면 함께 살 수 있지 않을까 합니다."

법민의 의견을 해정이 곱씹었다.

'함께 산다라……'

머릿속으로 되뇌였고 이내 유신에게 물었다.

"어떻게 생각하오?"

해정의 물음에 유신이 대답했다.

"가능하다면 치안부사의 의견이 최선일 겁니다. 우리와

범들이 함께 살 수 있는 길이니까 말입니다. 우리는 우리 땅을 넓혀야 되고, 범들은 살아남을 수 있는 길을 찾아야 됩니다. 그 길이 이주라면…….”

“충분히 살아남을 수 있다?”

“살생을 피하는 유일한 길일 것입니다. 다만 어떻게 살려서 보내느냐입니다.”

“…….”

“저기 새끼들이야 저희들이 어떻게든 키워서 보내겠지만, 다른 산이나 숲에 사는 범들은 아닙니다. 대호 한 마리를 잡기 위해선 20명이 넘는 정예군이 필요합니다. 또한 화기를 동원해야 잡을 수 있습니다.”

“…….”

“창검으로 죽이는 것도 매우 위험한 일이고, 맨손으로 사로잡는 것은 더더욱 불가능한 일입니다.”

유신의 대답을 듣고 해정이 고개를 끄덕였다.

그리고 다시 법민에게 물었다.

“위험하지 않게 범을 사로잡을 수 있는 방법이 있소? 범을 사로잡아야 한다고 말했는데, 어떻게 잡아야 할지는 생각해두었소? 방도가 있다면…….”

태왕의 물음에 법민이 미소를 지어보이면서 대답했다.

“세상에 위험을 감수하지 않고 하는 일은 없을 것입니다. 하지만 범을 사로잡을 수 있는 계책을 말씀드린다면 유인책입니다."

"유인책?"

"시간이 걸리겠지만, 그 길이 우리와 범의 생존을 함께 이룰 것입니다."

법민의 대답을 듣고 해정과 유신이 곰곰이 생각했다.

유인책이라는 단어를 통해서 범을 어떻게 사로잡을 것인지 상상해보았다.

그리고 이내 미소를 짓게 됐다.

법민과 생각을 일치시키면서 함께 기대감을 안았고, 며칠이 지나 법민의 의견대로 범을 사로잡기로 했다.

고타야 외에 주위 다른 산에서 범을 잡기로 했다.

나뭇잎이 그득한 숲에 묵직한 발자국이 일어났다.

거친 숨소리가 잔잔한 숲 공기를 채우고 있었고, 숨소리를 들었던 노루가 자신에게 죽음이 찾아온 것을 알고 이리저리 뛰었다.

하지만 그리 멀리 갈 수 없었다.

아니, 두꺼운 나무로 엮인 틀 안에서 뛸 뿐이었다.

몸과 목을 감싼 줄이 틀에 단단히 묶여서 벗어날 수 없게 만들었다.

잠시 후, 금빛 털과 위엄찬 줄무늬를 자랑하는 영수가 틀 앞에 이르렀다. 그리고 이를 드러내면서 발버둥 치던 노루에게 달려들었다.

크와앙! 크앙!

쩩!

사지로 몰린 노루가 비명을 질렀다.

하지만 이내 범의 강한 이빨에 물리면서 절명하게 됐다.

으드득!

노루의 목뼈가 부러졌다.

먹잇감을 잡은 범이 만족해하면서 돌아서려 할 때, 쿵! 하는 소리가 나면서 뒤의 길이 사라졌다.

정확히는 없던 것이 생겨났다.

두꺼운 나무로 엮인 문이 범인 지난 틀의 입구를 막아버렸다.

안으로 들어온 범이 당황하면서 물고 있던 노루를 놓쳤다.

그리고 사방으로 날뛰면서 틀의 기둥을 발톱으로 긁었다.

하지만 갇힌 사태에서 벗어날 수 없었다.

크아앙! 어흥!

포효하면서 자신이 곤경에 처한 사실을 알리고자 했다.

문 쪽을 공략해보았다가 다시 옆의 기둥을 긁어보고 안에서 어슬렁거렸다.

그리고 멀리 떨어진 수풀이 흔들렸다.

수풀 사이에서 작지만 위대한 발자국들이 생겼다.

자연에서는 힘없이 약한 존재들이었지만, 세상의 모든 짐승을 다스리는 존재였다.

사람들이 나타나서 몰려들자 겁에 질린 범이 다시 큰 소리를 냈다.

어흥!

그 소리에 오던 사람들의 발자국이 멈췄다.

하지만 잠시 뿐이었다.

이내 사람들이 다시 걸음을 옮기면서 틀 앞에 섰다.

그리고 얼굴에 미소를 머금었다.

이를 드러내면서 자신들을 죽이려 하는 맹수의 행동을 비웃었다.

"살벌하다 살벌해."

크아앙! 어흥!

"그만 울어! 목 쉬니까! 널 죽이지 않고 살려주려는 거니까, 진정해! 알겠어?!"

크르륵!

"얌전히만 있어. 그러면 좋은 곳으로 보내줄 테니까."

착호군의 군관이 만족한 미소를 지으면서 범을 깔아봤다.

세상의 모든 짐승을 다스리는 존재로서의 위엄을 범에게

보여줬다.

그리고 사로잡힌 범이 자신이 어떻게 할 수 없는 존재가 있다는 사실을 깨달았다.

그들이 자신을 죽일 수 있었다.

제발 자신을 죽이지 않기를 간절히 바랐다.

아니, 굴속에 있을 자식들을 걱정했고, 그들이 자식들의 목덜미를 잡고 왔을 때 미치는 줄 알았다.

놀라고 당황하면서 다시 몸을 들썩였다.

하지만 자식들이 곁에 오자 사람이라는 존재에 대해서 생각해보게 됐다.

"함께 있어. 우리가 다 알아서 해 줄 테니까. 그래도 살생을 피하자고 이러는 거니까, 네가 좀 이해해."

사람의 말을 알아들을 수 없었다.

하지만 눈빛이 선했고 그들의 의도가 왠지 불순하지 않다는 생각이 들었다.

사람들이 밀어 넣어 준 자식들을 혀로 핥았다.

그리고 빛이 사라지자 틀 밖으로 천이 감싸여지면서 밖을 볼 수 없게 됐다.

며칠 동안 사람을 볼 수 없었고, 안에서 사로잡은 먹이를 새끼들과 함께 먹었다.

그리고 천이 걷히면서 하얀 세계가 펼쳐졌다.

며칠 동안 빛을 보지 못하다가 갑자기 빛을 보자 눈이 매

196

우 부셨다.

한기가 갑자기 들었지만 추위 정도는 얼마든지 견딜 수 있었다.

소복한 눈도 하얀 이불에 불과할 뿐이었다.

강인한 신체와 두꺼운 털이 갑옷과 솜옷 같았다.

자연에서는 어떠한 두려움도 없이 자유를 만끽할 수 있었다.

세상과의 사이를 가르던 거추장스러운 문이 들렸다.

밖으로 나갈 수 있는 길이 열렸고, 먼저 조심스럽게 한 발자국씩 앞으로 내딛었다.

그리고 자식들에게 나오라고 돌아보면서 눈짓을 주었다.

또한 틀 위에 서 있는 한 사람을 봤다.

"가. 이제부터 여기가 너의 집이야. 이곳에서 크게 놀아."

그가 알아들을 수 없는 말을 했다.

그를 본 후에 뒤에 서 있는 사람들을 봤다.

하나같이 창검과 활을 든 상태로 흉흉한 모습을 보이고 있었다.

하지만 자신을 상대로 공격하지 않았다.

애써 그들을 상대로 싸울 필요도 없었다.

그저 자식들을 챙기며 넓은 세상으로 향할 뿐이었다.

하얀 눈밭 위로 그 땅이 자신의 것임을 알릴 수 있도록 발자국을 새겨 넣었다.

멀어지는 범 식구를 법민과 사람들이 지켜봤다.

그리고 범들이 시야에서 사라지자 포획과 운송이 성공적으로 끝났음을 알게 됐다.

착호군이 기뻐하면서 환호성을 일으켰다.

"해냈어!"

"정말로 범을 죽이지 않고 사로잡아다가 인적이 없는 곳에 풀어줬어!"

"범들은 강하니까, 이런 곳에서도 충분히 살 수 있을 거야."

살생을 피했다는 사실에 환한 미소를 드러냈다.

그런 군사들의 모습을 법민이 보면서 미소 지었다.

좋은 선례가 만들어졌기에 앞으로도 많은 범들이 북쪽 드넓은 대지로 이주될 수 있었다.

한 장소에서의 공존은 불가능했지만 차선으로 살생만큼은 피할 수 있었다.

그리고 살생은 누구도 원하지 않았다.

금성으로 돌아온 법민이 즉시 보고문을 작성했다.

며칠 뒤 평양으로 보고문이 전해지자 편전에서 해정이 법민의 보고문을 읽었다.

해정이 환하게 웃으면서 양만춘에게 말했다.

"이미 두 마리를 잡았다고 합니다. 이번에는 수놈과 암놈이라고 합니다."

그리고 양만춘도 만족한 미소를 보이면서 해정에게 말했다.

들고 있던 찻잔을 내리면서 법민에 대한 칭찬을 했다.

"참으로 큰 사람입니다."

"치안부사를 말입니까?"

"그래도 일국의 왕자였었던 만큼, 인덕과 지혜를 가지고 있습니다. 솔직히 신 같으면 그저 단순하게 범들을 퇴치할 생각만 했을 겁니다. 하지만 치안부사는 진정으로 모두가 살 길을 생각했습니다. 그것이 설령 말 못하는 짐승이라도 말입니다."

"……."

"말 할 수 없는 존재를 생각해주는 것은, 어떻게 보았을 때 참으로 우의정을 닮았다는 생각이 듭니다."

양만춘의 이야기를 듣고 해정이 곰곰이 생각했다.

'스승님을 닮았다고……?'

고타야에서 보았던 법민의 모습을 기억하기 시작했다.

모두가 편의적으로 백성만을 중히 여기는 가운데, 오직 법민만이 백성을 넘어선 생각을 했었다.

최선을 뛰어넘는 최선을 생각했고, 다소 어려운 길을 가더라도 결코 피하지 않았다.

　적국의 백성이라도 반드시 살리려는 천군의 모습을 기억했다.

　한낱 짐승이며 미물이라고, 반드시 살리려는 치안부사의 모습을 기억했다.

　그리고 그 두 사람에게 공통점이 있음을 알게 됐다.

　어째서 그가 신라국의 태자였었는지를 깨달았다.

　그렇게 생각할 때에 양만춘의 손에서 보고문이 하나 더 올랐다.

"이것은 무엇입니까?"

　해정의 물었고 곧바로 대답을 들었다.

"금릉에서 반군이 일어나 아군에게 지원군을 청했습니다. 남방군 상장군이 출전했고, 금릉에서 당의 진압군을 궤멸 시켰습니다. 전쟁이 시작되었습니다. 폐하."

　살생과 같은 길이었다.

　그야말로 원하지 않는 길이었다.

　하지만 피할 수 없었다.

　오직 승리하는 것만이 정의를 실현 시킬 수 있었다.

　원하지 않은 전쟁이 결국 시작됐다.

설인귀를 이용하다

피투성이 병사가 온 힘을 다해서 달리고 있었다.

"헉! 헉!"

다리의 상처가 깊었지만, 고통마저도 잊을 정도로 다급함이 있었다.

급박한 마음으로 뛰었고, 어느 성에 이르러 쓰러졌다.

성을 지키는 병사들이 쓰러진 병사를 보고 즉시 내려왔다.

그리고 흔들어 보면서 정신을 차리게 하려고 했다.

"이보게! 이보게!"

그들의 부름에 쓰러진 병사가 가쁘게 숨 쉬었다.

그리고 힘들게 소식을 전했다.

"궤…궤멸……."

"뭐?"

"황군이… 고려군에게… 궤멸되었소. 대장군도 전사를……."

"……?!"

소식을 듣고 사색이 되었다.

급히 달려온 태수가 이내 보고를 받으면서 다급히 소리쳤다.

"전령! 전령을 불러라! 어서!"

속히 장안으로 소식을 알려야 했다.

진압군인 황군이 궤멸 당하고 반군에 고려군이 더해진 사실을 알려야 했다.

화기로 무장한 고려군이 반군과 함께 움직이면 단숨에 조국이 쓰러질 수 있었다.

그 전에 식구들에게 무슨 일이 일어날지 몰랐다.

천하가 혼란에 빠지는 것은 생사를 장담할 수 없는 일이었다.

급히 전령이 출발하면서 장강을 건넜고, 말을 타고 달리며 화북에 이르렀다.

그리고 서쪽으로 달려 낙양에 이르렀다.

다음날 장안에 급보가 전해지면서 고려가 개입한 사실을 알게 됐다.

202

보고를 받은 무조의 고성이 정후전에서 울려 퍼졌다.

"우림대장의 10만 대군이 금릉에서 전멸을 당해?!"

"예. 태후마마."

"아무리 고려군이 놈들을 도왔다지만 어떻게? 반군을 돕는 고려군은 1만 정도 밖에 되지 않는다고 말하지 않았소?"

황당하다는 표정으로 무조가 물었다.

그녀의 물음에 유인궤가 굳은 목소리로 대답했다.

"…수군이 강력했습니다."

"수군이라고?"

"고려 전선들이 장강을 따라 거슬러 올라왔습니다. 그리고 금릉성은 장강변에 세워진 성입니다. 고려 전선 1척에 실린 천자포 수만 해도 10문이 넘습니다. 때문에……."

유인궤의 대답을 듣고 무조가 언성을 높였다.

"지금 그것을 말이라고 하는 것이오?! 혹시 10만 대군을 몰살 시킨 우림대장을 변호하는 것이오?!"

"그것은 아닙니다. 하오나……."

"나도 놈들이 강하다는 것을 알고 있소! 큰 전선 위에 실린 천자포가 얼마나 많고, 놈들의 전선이 또 얼마나 많은지 알고 있소! 하지만 10만 대군을 전멸 시킨 것은 명백한 실책이오! 반수라도 살려야 후일을 도모할 수 있지 않소! 그렇지 않소?!"

"…옳으신 말씀입니다."

"소임을 다하지 못하고 전사까지 한 것은 그저 무의미한 개죽음일 뿐이오! 우림대장은 대당국 역사에서 대죄인이오!"

전사한 곽대봉에게 힐난을 퍼부으며 무조가 분노했다.

그녀의 분노에 유인궤가 어떤 말도 할 수 없었다.

어떤 말로도 곽대봉이 남긴 전과를 덮을 수 없었다.

때문에 다급해졌다.

벌떡 일어나서 소리쳤던 무조가 상석에 앉으면서 두려움을 나타냈다.

"이제 놈들을 막을 수가 없소… 진압에 실패했으니, 놈들이 백성을 선동해서 천하를 어지럽힐 것이오. 그렇게 되면 황실은…….."

손이 떨렸다.

눈이 충혈 되어 금방 눈물이 흘러내릴 것 같았다.

그런 태후를 유인궤가 보면서 반군과 고려군을 막을 군사들이 있는지 찾아보았다.

'꼭, 찾아야 한다!'

역적과 고려군의 수가 그리 많지 않기에 정예군만 있으면 그래도 희망을 가질 수는 있었다.

당장 금릉으로 진격할 수는 없지만, 적어도 요충지에서 다시 북진하는 적을 막을 수도 있었다.

그것이 불가능하면 온 백성들을 동원하여 징발을 벌여야
했다.

그렇게 되면 온 나라가 피폐해질 것이다.

승리해도 나라 곳곳이 무너질 수 있었고, 그 틈을 진랍과
토번 등이 노릴 수 있었다.

교주에서도 반란이 일어났고 진압되지 않은 상태였다.

그렇게 나라 안에서 나설 수 있는 군사들을 찾으려 했
다.

장강 상류에서부터 황하 상류까지, 적군에게 맞설 수 있
는 군이 있는지 떠올렸다.

그리고 그때 한 대군이 머릿속에서 떠올랐다.

'만약, 지금 상황이라면……'

사고가 한 곳으로 고정됐다.

그곳은 황하 하류에 위치해 있었지만 좀 더 북쪽에 위치
한 곳이었다.

그곳을 떠올리면서 지워졌던 희망이 돌아왔다.

그야말로 씨앗 같은 작은 희망이지만 어떻게 될 수 없었
다.

참담함을 금치 못하는 태후에게 목소리에 힘을 실어서
유인궤가 말했다.

"정예군이 있습니다."

"뭐라……?"

"역적과 고려군을 막을 수 있는 정예군 말입니다."

"……."

"아직 남아 있는 정예군이 있습니다."

그의 이야기를 듣고 무조의 이성이 잠시 돌아왔다.

결코 실없는 이야기를 할 사람이 아니라는 것을 알기에, 그가 어떤 근거로 말한 것인지 몹시 궁금히 여기면서 물었다.

"남은 정예군이라니, 어떤 군사들을 말이오?"

무거운 목소리로 유인궤가 대답했다.

"북평의 군사들입니다."

"북평이라고?"

"그곳의 대군이 아직 남아 있습니다. 좌무위장군이 군사들을 이끌고 남쪽으로 온다면……."

유인궤의 주장을 무조가 끊으면서 소리쳤다.

"요서의 적군이 단 번에 밀고 오겠지! 연개소문이 직접 대군을 이끌고 요서로 진격했다는데, 북동의 고려군은 생각하지 않는 것이오?!"

그녀의 물음에 다시 유인궤가 대답했다.

"일부 정예군만 이끌고 출전할 수도 있습니다."

"일부 정예군이라고?"

"좌무위장군의 군사들 중에서 무려 1만 군사가 화기로 무장해 있습니다. 그리고 기병의 수만 5천기입니다."

"……."

"비록 고려군이 더욱 뛰어난 무기를 가지고 수군이 강하다 해도, 어떤 곳에서 싸우느냐에 따라 승패가 달라질 수 있습니다. 1만 5천에 밖에 되지 않지만, 좌무위장군의 정예군은 어느 누구도 우습게 여길 수 없습니다."

"……."

"북평의 정예군이 출전해도 8만 5천의 대군이 남아 임유관을 지킬 것입니다."

유인궤의 의견을 듣고 무조가 곧바로 반문하지 않았다.

잠시 곰곰이 생각하면서 따져봤다.

10만 대군 중에서 1만 5천 군사가 빠져도 8만 이상의 대군이 남을 수 있었다.

그리고 그 수는 10만 군사와 별 차이 없게 느껴질 수 있었다.

무조가 유인궤가 생각하는 것을 짐작하면서 이야기 했다.

"연개소문에게 들켜서는 안 되겠군."

유인궤가 말했다.

"그래서 야간에 움직여야 됩니다. 그리고 최대한 빠르게 역적들을 소탕해야 됩니다. 유인을 벌이던 속전속결을 벌이던, 어떤 식으로든지 말입니다. 토벌이 늦으면 연개소문이 대군을 이끌고 임유관을 넘을 것입니다."

지극히 옳은 말이었다.

그리고 한 가닥 희망의 끈을 붙잡는 말이었다.

유인궤의 이야기를 듣고 무조가 부답함으로서 동의의 뜻을 나타냈다.

하지만 전부 동의하지 않았다.

좌무위장군인 설례가 자신의 지시를 따를지 의문이었다.

그는 오직 황제를 위하는 자였다.

"전에 사도에게 물었소. 설인귀가 날 의심하겠냐고 말이오. 그리고 분명히 의심한다고 말했었지."

"……."

"말인 즉, 그 자가 날 황실을 어지럽힌 여인으로 보고 이 나라 충신들을 죽인 자로 여길 것인데, 아무리 황명이라고 하지만 황상을 대리해서 내리는 내 명을 따르겠소? 날 역적으로 여길 텐데 말이오. 그렇지 않소?"

설례를 유인궤가 언급하기 전엔 보이지 않았던 길이었다.

하지만 언급된 후로 머리가 빠르게 돌아갔다.

그리고 이미 결론을 내렸었다.

알면서 무조가 유인궤에게 물었고 그녀가 정한 답을 말하게 됐다.

"명을 따르지 않으면 대당국은 무너집니다. 이 나라가

208

무너지면 황실도 폐하여 질 것이며, 그것은 좌무위장군이 가장 원하지 않는 결과입니다. 그리고…….”

“그리고?”

“역적들이 고려를 끌어들였으니, 이제 진짜 역적이 되었습니다. 수단과 방법을 가리지 않고 토벌할 것입니다. 그것이 좌무위장군의 최우선 목표가 될 것입니다.”

유일하다 여겼었던 길이 닫히자 새로운 길이 열리게 됐다.

여전히 험로였지만 피할 수 없었다.

무슨 수를 쓰더라도 걸어야 했고 인내해야 됐다.

무조가 유인궤에게 지시했다.

“속히 좌무위 장군에게 연락하시오. 정예군으로 하여금 역적과 고려군을 소탕하라고 말이오. 놈들을 소탕하지 못하면 이 나라 황실이 폐하여 질 것이오.”

“황명을 받들겠습니다. 태후마마.”

머리를 숙이면서 명을 받들었다.

그리고 일어나서 천천히 뒤로 걸으니, 정후전에서 나오자마자 즉시 장안에서 전령을 출발시켰다.

그로부터 며칠 지나지 않아서였다.

북평에 주둔하고 있던 설례에게 남쪽의 소식이 전해졌다.

소식을 들은 설례가 크게 분노하면서 장군실의 물건들을 때려 부쉈다.

그리고 온몸을 떨면서 거칠게 숨 쉬었다.

"어떻게 감히! 고려 놈들을 끌어들일 수 있어?! 다른 놈들도 아니고 고려 놈들을!"

"장군."

"말 걸지 마라!"

"……."

"지금 상황에선 네놈이라고 해도 패 죽일 수 있으니까! 내 손이 닿는 곳에 있지 말고 말하지도 마라!"

깊은 배신감에 뼈까지 저릴 지경이었다.

함께 당나라를 지켜왔고, 함께 황제에게 충성을 바쳤었다.

주장과 선봉을 두고 싸운 적은 있었지만, 단 한 번도 동지가 아니라 여긴 적은 없었다.

결국 모두가 황실을 위해서 목숨을 바칠 것이라고 생각했었다.

그랬던 믿음이 금릉에서 전해진 소식에 의해 산산조각 났다.

그래도 황실을 능멸한 태후를 상대로 맞서는 거국적인 반란이라고만 여겼었다.

실망감에 숨도 제대로 쉴 수 없었다.

충혈 된 눈에 이내 눈물이 차올랐고, 분노를 이기지 못해 눈물을 뚝뚝 흘리기 시작했다.

"빌어먹을…! 빌어먹을…! 빌어먹을……!"

손으로 부서진 서랍장을 다시 치면서 한을 풀었다.

그 모습을 옥천이 가만히 지켜봤고, 조금이라도 상관의 심기가 풀어지기를 기다렸다.

잠시 후 모든 감정들을 쏟아냈는지 설례가 크게 숨을 몰아쉬었다.

"제길……."

옥천이 다시 상관을 불렀다.

"장군."

"닥치라고!"

이번엔 상관의 노성에도 아랑곳 않고 옥천이 보고를 전했다.

"장안에서 전령이 왔습니다."

"뭐?!"

"장군께 전령이 황명을 들고서 왔습니다. 그러니 받으셔야 됩니다."

부장인 옥천의 말에 이글거리는 눈빛을 하며 설례가 돌아봤다.

그리고 방천화극을 들면서 장군실 밖으로 나갔다.

장안에서 왔을 전령을 극으로 찔러서 죽이려고 했다.

그런 다짐이 한 순간에 흔들렸다.

생각지도 못한 인물이 눈앞에 있었다.

그가 설례에게 인사말을 건넸다.

"오랜만입니다. 장군."

황명을 전하기 위해서 유인궤가 직접 북평을 찾아왔다.

확전 되다

단순한 전령인 줄 알았다.

때문에 목을 베어 황실을 농락한 태후에게 경고를 전하려고 했다.

언젠가 그녀의 모습을 죽은 전령과 똑같이 만들어주겠다는 뜻을 보여주려고 했다.

하지만 한 순간 당황했다.

예상하지 못한 인물이 눈앞에 있었다.

그를 보고 제정신을 차리지 못하다가 이내 현실이라는 것을 알고 화극의 끝을 겨누었다.

"너."

"……."

"이곳엔 무슨 낯짝으로 온 거냐?"

용암 같은 분노가 가슴에서 끓어올랐다.

바람이 조금 불자 입고 있는 붉은 옷자락이 펄럭였다.

마치 불꽃이 눈앞에서 이글거리는 듯했다.

얼굴 앞에 놓인 방천화극 앞에서 유인궤가 흔들리지 않
는 모습으로 설례에게 말했다.

"황명을 전하려고 왔습니다."

"황명이라고?"

"예. 장군."

"감히 그 더러운 입으로, 황명이라고 말해?!"

노성을 일으키면서 설례가 유인궤에게 외쳤다.

방천화극을 붙든 손에 힘이 들어가면서 금세 유인궤의
몸을 꿰뚫을 것 같았다.

그때 유인궤가 황명의 내용을 설례에게 전했다.

"북평군으로 속히 대당국 황실을 배반한 역적을 소탕하
십시오."

"뭐…뭐라고……?"

"만약, 장군께서 황명을 따르시지 않는다면 이 나라 황
실이 역적들의 손에 무너질 것입니다."

"뭐?!"

"장군께서만이 희망이십니다. 장군께서만이 역적을 토

벌하실 수 있습니다. 놈들이 황실을 무너뜨리기 위해 고려를 끌어들였습니다. 그리고 황제 폐하의 명령이십니다."

"······."

"황명을 따르셔야 연소하신 폐하를 지키실 수 있습니다."

유인궤의 말을 듣고 화극의 끝이 흔들렸다.

분통이 차오르면서 설례의 얼굴이 심히 일그러졌다.

유인궤를 죽이고 싶었지만 그는 황제의 전령이었다.

그리고 황제는 은인인 선황제의 핏줄이었다.

설령 태후가 대리해서 내린 명령이라고 해도, 그가 전한 말 중 잘못된 것은 하나도 없었다.

울분을 토하면서 돌아섰다가 다시 화극을 겨누면서 죽이려 했다.

그러다가 그만뒀으니, 손에 들고 있던 화극을 부러뜨리려다가 말았다.

어떤 것도 이롭지 않았다.

그리고 따지듯이 유인궤에게 물었다.

"이곳 사정이 어떤 지나 알고 있나? 이미 송막은 고려 놈들에게 박살이 났고 임유관 코앞까지 놈들이 진격해 온 상태다! 그것도 연개소문이 말이야!"

"······."

"화기로 무장한 놈들이 얼마나 되는지 모르겠지만, 적

어도 우리보다는 많을 거다! 도합 5만 넘는 군사가 관문을 넘으려고 기회를 엿보는데, 역적 놈들을 소탕하라고? 금릉의 반군 놈들을 토벌하라고?! 지금 당장 군을 뺐다가는 놈들이 임유관과 북평을……!"

설례가 미처 주장을 다하기 전에 유인궤가 전략을 알렸다.

"정예군으로 치십시오."

"정예군이라고?"

"화기대 1만과 기병군 5천이라면 기적을 기대할 수 있습니다. 장군의 무예와 지휘가 더해질 것이니까 말입니다."

"……."

"1만 5천 군사가 10만 대군 중에서 빠져 나간다고 적이 금세 알아차리진 않을 것입니다."

"알아차리기 전에 역적들을 토벌하라, 이 말인가?"

"예. 장군. 그 후에 빨리 복귀하시면 될 것입니다."

유인궤의 이야기를 듣고 설례가 미간을 잔뜩 찌푸리면서 말했다.

"속 편한 소리를 하는군. 놈들에게 힘을 실어준 고려 놈들만 무려 1만에 달한다고 들었다. 심지어 온갖 화기로 무장한 정예군이라고 말이야. 거기에 강과 바다를 헤집는 수군까지 있는데, 고작 1만 5천 군사로 상대하라고? 우린 화약도 모자란데?"

따지듯이 물었고 그 말을 들은 유인궤가 조금 굳은 표정으로 물었다.

"허면, 임유관에서는 적을 막을 수 있습니까?"

"뭐라고?"

"연개소문이 작정하고 진격해 오면, 아무리 장군과 북평의 군사들이라고 해도 방어가 쉽지 않을 겁니다. 그 사이 역적과 오랑캐들은 세를 불리면서 황도를 칠 것이고 말입니다. 장군의 판단이 과연 황실을 지키기 위한 최선입니까?"

"……."

"지금은 유, 불리나 가능과 불가능을 따져서 할 상황이 아닙니다. 최선을 선택해서 반드시 해야 됩니다."

유인궤의 말에 설례의 말문이 막혔다.

옥천과 군 지휘부에 모여 있는 장수들을 한 번씩 살피고 다시 유인궤에게 말했다.

"백성들에 관한 징발은?"

설례의 물음에 격정적인 감정을 지우면서 유인궤가 말했다.

"이미 징발을 한 번 벌였습니다. 그리고 장군께서도 아시다시피 궤멸 당했습니다. 징발을 또 해야 한다면 온 백성을 동원해야 되는데, 가급적이면……."

"피하는 게 상책이겠군. 다시 징발을 벌였다간 이 나라의 미래가 망가질 테니까……."

"가급적 백성들을 동원하지 않고 역적과 고려군을 토벌하셔야 됩니다. 그럴 수 있는 힘이 오직 장군과 북평군에만 있습니다. 그러니, 부디 막아주십시오. 태후마마를 위해서가 아닌, 황제 폐하와 황실을 위해서 말입니다."

"……."

"이제 장군만이 희망이십니다."

머리를 숙이면서 유인궤가 청했다.

온 장수들이 그와 설례를 보고 있었고 옥천이 진지한 표정으로 상관을 불렀다.

"장군……."

그의 부름에 모든 이야기가 담겨 있었다.

미간에 깊은 골이 새겨져 있었다.

설례가 돌아서면서 발걸음을 옮겼다.

"일단, 역적들부터 상대하지. 그래야 황실을 지킬 수 있으니까. 그리고 반드시 장안으로 갈 것이다. 황실을 능멸한 자가 있다면 반드시 죄를 물을 것이다."

다짐과 경고를 전하면서 설례가 이야기 했다.

그의 말에 유인궤가 응답하지 않았고, 그저 난을 일으킨 무리와 그들을 돕는 고려군이 토벌되기를 원할 뿐이었다.

그 후에 설례에 대한 대책을 세우려고 했다.

발등에 떨어진 불부터 끄려 했다.

설례가 옥천에게 명을 내려서 은밀히 정예군을 출발 시
킬 준비를 하려고 했다.

그때 지휘부 밖에서 발굽 소리가 일어났다.

"전령이야?"

"그런 것 같습니다. 장군."

말을 탄 자는 군문에서 출입을 허락 받은 자였다.

그가 지휘부 앞으로 와서 내렸다.

그리고 붉은 옷을 입은 설례를 알아보고 다급히 와서 무
릎을 꿇었다.

전령을 향해서 설례가 미간을 좁히면서 물었다.

"뭐야? 어디에서 왔어? 설마 임유관인가?"

급보일 수도 있겠다는 생각이 들었다.

하지만 전혀 예상 밖의 곳에서 왔다.

"황도입니다. 장군."

"뭐?"

"황도에서 장군께 급히 소식을 전하기 위해서 왔습니
다!"

"……."

전령의 보고를 듣고 설례가 황당한 표정을 지었다.

그리고 유인궤를 봤으니 그 또한 전령이 어떤 소식을 가
지고 왔는지 알 수 없었다.

담담한 표정으로 지켜보고 있었다.

다시 전령에게로 시선을 옮겨서 물었다.

"무슨 소식인가?"

이내 대답을 들었다.

"남만이 군사들을 보내 남쪽 변경을 공격했습니다!"

"뭐?"

"전에 안남을 공격했었던 무리들입니다! 놈들이 고려에서 보낸 화기로 무장했습니다! 변경을 지키던 황군이 순식간에 패했습니다!"

"……?!"

보고를 듣고 설례의 눈이 잔뜩 커졌다.

그리고 다시 유인궤를 봤다.

함께 보고를 들은 유인궤가 설례에게 말했다.

"고려의 동맹이 움직인 것 같습니다."

"고려의 동맹이라고……?"

"대군은 아니지만 놈들을 막기가 어려울 것입니다. 그리고 운남으로 향하는 길이 끊어지면 화약 생산이 힘들어질 것입니다."

"……."

최악으로 달려가고 있었다.

아무래도 꽤 오래 전부터 계획되었다는 느낌을 받았다.

산전수전을 겪었던 설례의 등골이 서늘해졌다.

어쩌면 그토록 지키고자 했던 황실이 사라질 수도 있다

는 불안감을 느끼게 됐다.

하지만 그것이 끝은 아니었다.

전황이 더욱 나빠질 수 있었다.

다시 진랍에 고려 소총이 전수되고 탄약 보급마저도 이뤄졌다.

금릉 반군의 요청으로 고려군이 참전했다.

동맹회 각 나라들이 참전하기 시작했고, 안남에 주둔하고 있던 진랍군이 북진하면서 당군과 전투를 벌이기 시작했다.

고려군처럼 3열로 선 진랍군이 차례대로 소총을 발포하고 있었다.

초원에서 당당히 당군을 상대하고 있었다.

"1열 조준! 발포!"

타타탕! 타탕!

"1열 장전! 2열 조준! 발포!"

타타탕!

"3열 조준!"

전쟁에서 살아남았던 소총수들이 뛰어난 지휘관이 되었다.

그들의 조련으로 소총수들이 빠르게 양성되면서 총을 능숙하게 다룰 수 있게 되었다.

고려군만큼은 아니었지만 적어도 당나라 총병보다는 빠르게 소총을 장전할 수 있었다.

그리고 심지에 불을 붙이면서 적을 조준했다.

총구를 적에게 맞춰 놓고 방아쇠를 당기면서 발포했다.

하얀 연기가 뿜어져 나오면서 적들의 비명소리가 토해졌다.

"크악!"

"커헉!"

"으윽……!"

그 사이 진랍군을 돕게 된 고려 포병들이 화포를 발포했다.

방아 끈을 잡아당기면서 포구에서 큰 소리가 나게끔 했다.

"발포!"

뻐벙! 뻥!

콰쾅!

"흐아악!"

"크악!"

당군의 비명 소리가 더욱 커졌고, 겁에 질린 자들이 손에 든 무기를 버리기 시작했다.

하지만 그 전에 당나라 장수와 군관들의 명령이 급히 내려졌다.

"후퇴! 후퇴!"

"퇴각이다! 어서 후퇴해라!"

"으아아아!"

포격을 버텨낼 재간이 아예 없었다.

명령이 떨어지기 무섭게 병사들이 뛰기 시작했고, 후퇴하는 당군을 상대로 진랍군이 뛰기 시작했다.

"한 놈도 살려두지 마라! 전군! 돌격!"

"와아아아!"

"뛰는 놈들을 모두 죽여라!"

도망치는 당군을 향해 추격하기 시작했다.

그리고 쫓기는 당군이 살아남기 위해 발버둥 치기 시작했다.

초원 남쪽 작은 언덕 위에서 군을 이끄는 시무타가 전장을 살폈다.

당군의 도주로 측편에 숲이 있었고, 그곳에 매복한 군사들이 쏟아져 나오고 있었다.

"쳐라!"

"와아아아!"

쏟아져 나온 군사들에 도망치던 당군의 허리가 끊어졌다.

"사…살려줘!"

"으악!"

퇴로가 차단된 당군이 아우성을 쳤다.

그리고 차단되지 않은 당군은 전우들이 어떻게 되든 뒤 돌아보지 않고 끝까지 뛰었다.

대승을 거두자 시무타가 미소를 지었다.

하지만 끝이 아닌 시작이었다.

당나라에 대한 복수는 이제 시작이었다.

전투가 절정에 이르렀을 때 전령이 도착해서 소식을 알렸다.

첫 전투의 승리를 확인한 시무타가 전령을 만났던 부장에게 물었다.

계백이 활약하다

부장이 전령으로부터 소식을 들었다.

그리고 그 소식은 미리 짜인 계획에 따라서 이뤄지는 것이었다.

시무타가 부장으로부터 보고를 받았다.

"해남도에서 출전한 고려군이 상륙에 성공했다고?"

"예. 대장군."

"그렇다면 스리비자야군도 함께 상륙했겠군."

"도합 3만 군사가 적의 배후를 노릴 수 있게 되었습니다. 퇴로와 보급로를 함께 차단할 것입니다. 수군이 강한 고려군 덕분에 바다와 강이 주요 진격로가 되었습니다."

부장의 보고를 듣고 시무타가 고개를 끄덕였다.

그리고 만족한 미소를 보였다.

언제든지 10만 대군을 동원할 수 있는 당나라에 비해, 북진하는 동맹군의 수는 5만에 불과했지만 두렵지 않았다.

충분히 압도하고 이길 수 있다 여겼다.

고려에서 비록 점화식 소총이었지만 새로운 화기와 탄약을 지원해줬다.

그리고 당군의 목숨 줄을 5만 동맹군이 손 위에 놓고 있었다.

그 사실을 미리 천군이 예언했었다.

"운남까지 진격하면 적이 100만 대군을 동원해도 아군을 상대로 이길 수 없다고 말했습니다. 혹, 운남에 중요한 것이 있습니까?"

천군의 예언을 떠올리면서 부장이 시무타에게 물었다.

그리고 시무타가 고개를 끄덕이면서 전에 들었던 이야기를 알려줬다.

"화약의 재료가 나는 곳이라고 들었네."

"화약 재료를 말씀입니까?"

"화기를 운용할 때 필요한 화약에 몇 가지 필요한 재료들이 있는데, 그중 하나가 운남에서 산출되네. 바로 유황말일세. 그동안 당나라에서 고려 간자인지 모르고 고려로부터 유황을 수입했었지만, 지금은 아닐세."

"고려가 유황 수출을 끊었을 테니까 말입니다."

"오직 운남에서만 구할 수 있네. 그래서 지금의 당군도 화기 운용에 제한적일 수밖에 없네. 여러모로 유황이 부족하니까 말일세. 하지만 끝내 우리가 운남까지 진격한다면, 그 후엔 어떤 대전을 치르더라도 반드시 이길 것이네. 이제 복수의 순간이 왔네."

"예. 대장군."

"속도에 맞춰야 하니 어서 진격하세."

"예!"

목표는 운남이었다.

진랍의 영토가 된 안남을 감싼 당군을 물리쳤고, 이미 해남도의 고려군이 당군 후방에 상륙하여 전투를 벌이고 있었다.

해상과 험한 산 사이를 흐르는 강은 고려군의 주요한 진격로가 되고 있었다.

강변에 상륙한 해병들이 흑룡기를 휘날리면서 달렸다.

튼튼함을 자랑하는 당나라 성을 무너뜨렸고, 항전을 벌이거나 도망치는 당병은 반드시 포격과 총격을 받으면서 죽임을 당했다.

오직 무기를 버리고 항복의 의사를 밝힌 자들만이 살아남았다.

사로잡힌 당군 포로들이 한곳에 모여서 눈치를 살폈다.

입을 다문 채 웅크리고 앉아서 주위를 살폈다.

그런 포로들에게 고려 군사들이 와서 호통을 일으켰다.

"눈알 좀 그만 굴려!"

"……!"

"설마, 도망치려는 것은 아니겠지?! 어?!"

"사…살려 주십시오!"

"고려 말로 말해! 알아들을 수 없으니까! 아니면 앞쪽만 딱 보고 있던가!"

딱히 폭행을 가하거나 하는 것은 아니었다.

마음 같아서는 포로들을 붙잡아서 몰매를 가하고 싶었다.

하지만 군율이 지엄했기에 그저 큰 소리로 혼낼 뿐이었다.

그리고 그것만으로도 충분히 통제할 수 있었다.

지켜보는 포로들이 행여나 죽을까 봐서 덜덜 떨었다.

오직 고려군의 자비가 있기만을 소원했다.

큰 칼을 등에 멘 큰 체구를 가진 고려 장수가 있었으니, 그를 멀리서 보면서 몹시 두려워했다.

온 기백이 그로부터 뿜어져 나오는 듯했다.

계백이 포로들과 성을 점령한 해병들을 지켜보고 있었다.

그때 고려군이 착용하는 찰갑이 아닌, 화려한 문양이 새

228

겨진 판갑을 입은 자들이 다가왔다.

그중 한 사람은 신분이 고귀한 자였다.

통역 군관을 앞세워서 계백에게 말을 걸었다.

"참으로 성미가 급하군. 아군 상륙이 끝날 때까지 기다리는 것으로 하지 않았소? 함께 전열을 갖춰서 성을 공격하기로 했는데, 어째서…….."

스리비자야의 황자인 다푼타였다.

그가 허탈하게 웃으면서 계백에게 말했고, 계백이 덤덤한 말투로 대답했다.

"적의 전령이 빠르게 움직였기 때문입니다."

"중화기도 넉넉하지 않았소? 어차피 손쉽게 이기는 건데…….."

"희생을 최대한 줄이기 위해서입니다."

"희생을 줄이기 위해서라고?"

"아군의 준비가 이뤄지는 동안 적 또한 준비합니다. 준비가 끝난 후에 총공격이 이뤄졌다면, 대승을 거두더라도 적군의 희생이 매우 커졌을 겁니다. 그래서 적이 무기를 잡기 선에 먼저 공격했습니다."

계백의 해명을 듣고 다푼타가 황당한 표정을 지었다.

하지만 고려가 그동안 어떻게 싸워왔는지를 기억했다.

적이라고 모두 죽인 것이 아니라, 항복 의사를 확실하게 밝힌 적군 만큼은 반드시 살렸다.

또한 적군의 대패가 필요할 때는 꼭 그렇게 했지만, 희생이 그다지 필요하지 않을 때는 아군이나 적군이나 피해를 최대한 줄였다.

그랬던 고려군의 전과를 기억하면서 해병 2사단장인 계백이 최선을 행했다고 판단했다.

그의 재빠른 전투로 사로잡힌 포로들이 매우 많았다.

때문에 아쉬움이 있었다.

"전공을 세우고 싶었는데 고려군이 홀로 공을 세웠소. 때문에 황도에 어떻게 보고를 해야 될지 고민이오. 아바마마께서도 이번 전쟁에서 군에 거는 기대가 크시오."

다푼타의 이야기를 듣고 계백이 힐끔 쳐다봤다.

그의 시선이 다푼타에게 향하는 듯했다.

하지만 어깨 너머를 지나 말을 타고 달려오는 전령에게 향해 있었다.

발굽 소리에 스리비자야 장수들과 다푼타의 시선도 따라 움직였다.

말에서 내린 전령이 계백의 부장에게 소식을 전했다.

부장인 흑치상지가 소식을 전해 듣고 계백에게 다가왔다.

그리고 보고를 올렸다.

"교주에서 지원 요청이 있었습니다. 당군이 지키는 성을 무리하게 공격했다가 크게 패해서 위기에 빠졌다고 합니다. 해남도로 연락선을 띄워서 도움을 청했습니다. 장군."

보고를 듣고 계백의 미간이 조금 좁혀졌다.

흑치상지의 보고가 통역 군관을 통해서 다푼타에게도 전해졌다.

함께 보고를 들은 다푼타의 미간도 좁혀졌으니, 보고를 들은 계백이 어떤 말을 할지 주목했다.

계백이 다푼타에게 시선을 옮기면서 말했다.

"교주로 진격하겠습니다."

그 말에 다푼타가 당황하면서 물었다.

"운남으로의 진격을 포기하면서 말이오?"

계백이 대답했다.

"민병을 구하는 것이 우선입니다. 우리는 피아를 가리지 않고 백성을 가장 중요하게 생각합니다. 그러니 전공을 전하께 드리겠습니다. 이제 전하께서 운남을 점령하시면 됩니다. 우리는 교주에 상륙해서 백성들을 구하겠습니다."

단단한 결의와 의지를 드러내면서 말했다.

계백의 이야기를 듣고 이해하면서 다푼타가 고개를 끄덕였다.

이미 당군이 크게 꺾여서 운남으로 진격하는 데에 큰 무리는 없었다.

그가 계백의 어깨를 두드리면서 격려했다.

"건승을 빌겠소."

"소장도 전하의 건승을 빌겠습니다."

"부디, 교주의 민병들과 백성들을 구해주시오. 그리고 아군이 전공을 세우면 고려군에게도 나눠주겠소."

"감사합니다."

굵고 짧은 대답으로 계백이 화답했다.

급히 들어온 요청을 받고 떠나야 했다.

그리고 그것은 미리 내려졌던 천군의 지시와 태왕 명을 따르는 것이었다.

어떤 상황에서도 백성 지키기를 최우선으로써 됐다.

적국의 백성도 항전을 벌이지 않으면 지켜주는 만큼 당나라를 상대로 싸우는 교주 민병들은 말할 필요가 없었다.

비록 동맹은 아니었지만, 그들을 지키는 것이 정의였다.

또한 고려의 미래를 위한 일이었다.

계백이 흑치상지에게 속히 명을 내렸다.

"시간과 싸운다. 교주에서 지원군을 청한 만큼 최대한 빠르게 진격한다. 퇴각 준비 명령을 내려라."

"예! 장군!"

지시를 받은 흑치상지가 이내 장수들에게 명했다.

성을 점령한 해병들이 성과 포로들을 스리비자야 군에게 인계했고, 보급을 위해서 오게 될 전선들에게 미리 승선할 준비를 했다.

다음 날 100척 넘는 판옥선들이 상륙지에 이르렀다.

상륙지에서 스리비자야 군을 위한 보급을 내려다놓고 대기하고 있던 해병들을 태웠다.

이미 교주의 소식을 듣고 해병들이 탈 수 있도록 자리가 만들어져 있었다.

때문에 강을 따라 한 번에 진격하면서 바다로 나올 수 있었다.

해남도를 거치지 않고 곧장 교주로 향했다.

위기에 빠진 교주 민병들을 돕기 위해서 신속한 상륙을 이루게 됐다.

그리고 전투가 벌어졌다.

형양에서 교주의 중심인 남해군으로 향하는 협로였다.

북에서 남으로 향하는 강이 굽이치는 가운데, 강 동쪽으로는 인마가 다닐 수 있는 길이 놓여 있었다.

그리고 강과 길 양편으로 험준한 산들이 펼쳐져 있었다.

북쪽 100리 너머에는 고갯길이 펼쳐져 있었고, 그 너머에는 형양이었다.

또한 남쪽 20리에는 남해였으니, 반드시 협로에서 적군을 막아야 했다.

그렇지 않으면 남해 주변 넓은 땅에서 싸워야 했다.

창검으로 무장한 민병들이 대충 줄 맞춰 서서 당군이 오기를 기다리고 있었다.

"정말, 이렇게 해도 되는 거야?"

"하면 안 되는 것 같아?"

"아니, 놈들이 그동안 우릴 괴롭혔잖아. 물론 우리가 들고 일어선 이후에는 그런 일이 없었지만 말이야. 오인해서 우릴 공격하는 일이 없었으면 좋겠어."

민병 중 한 사람이 함께 선 친우에게 말했다.

그동안 고려 수군이 바다에서 천둥소리를 일으켰다.

그리고 해안이 포격을 받으면서 온 전선과 포구가 깨졌으니, 당 황실과 태후에게 반란을 일으킨 교주 백성들도 따라 피해를 입었다.

물론 항거한 뒤로는 공격받은 일이 없었지만, 막강한 수군 함대를 거느린 고려군에게 깊은 경외심을 가질 수밖에 없었다.

결코 한 편이 되거나 도움을 받거나 한 적이 없었다.

오히려 적으로 여긴 적이 훨씬 많았다.

하지만 민병대 장수의 욕심으로 크게 패하는 바람에 도움을 구하고 고려군이 도우러 와준 상태였다.

당나라에 맞서고 백성을 위한 고려라면 능히 자신들을 도와줄 것이라고 생각했다.

희망을 안고 싸우려 했다.

잠시 주위를 보면서 퇴로를 확인했다.

굽이치는 강을 따라 길도 따라 돌고 있었다.

협곡 사각 지대 너머로 마음의 시선을 두었다가 병장기 소리를 듣고 앞을 보았다.

"왔다!"

"준비해라!"

"절대 놈들이 밀고 들어오지 못하도록 빈틈을 막아라!"

"전투 준비!"

교주 민병들 사이에서 고함이 울려 퍼졌다.

창칼과 나무 방패를 든 민병들이 방진을 펼치려고 몸을 붙였다.

그리고 그들 앞으로 나타난 당군이 군기 엄정한 모습을 보였으니, 그들이 입고 있는 강철 판갑은 민병들이 입고 있는 가죽 갑옷에 비교할 수 없었다.

또한 방패도 화공이나 화기 외에는 어떤 것도 무력화 시킬 수 없는 등패였다.

길목을 막은 민병 2천 군사를 상대하기 위해서 황실의 깃발을 휘날리는 2만 군사가 몰려왔다.

비록 앞에 서 있는 5천 군사 외에 1만 5천군이 뒤에 있었지만, 수 일 전에 대패를 경험했던 민병들 입장에서는 두려움을 느끼기에 충분했다.

붙여진 방패가 손과 함께 떨리고 있었다.

"제길……!"

"일단 여기서 막아야 해!"

싸움을 피할 길이 없었다.

한 번은 크게 싸워야 했다.

그것이 교주 민병들의 몫이었고, 그들에게 주어진 사명이었다.

능히 감당해야 다음이 있을 수 있었다.

교주를 지키려는 민병들의 모습이 당군에게 필사적으로 보였다.

교주를 사수하다

  교주에 반란이 일어났다는 소식을 들었을 때 범상치 않은 일이 생길 것이라고 생각했다.

  더 이상 당나라가 세상에 중심이 아니라는 풍문이 천하에 돌기 시작했다.

  둥근 땅과 해와 달이 규칙적으로 움직이면서, 일식이 일어나는 원리가 알려지고 붕어했던 황제가 백성을 속였다는 소문이 돌았다.

  태후가 죽은 황제를 부추겨서 백성들을 해쳤다는 소식도 있었다.

  물론 그것은 황실에 복종하지 않는 자들의 이야기였다.

솔깃하여 그들이 말하는 것에 이성이 흔들리기도 했지만, 이내 나라가 산산조각 나게 된다는 것을 알고 맞서 싸우려고 했다.

남해에서 몰려오던 반군을 형양으로 향하는 길목에서 막았다.

성을 지키면서 반군이 무리한 공격을 벌였고, 덕분에 큰 피해 없이 반군의 시신들만 가득하게 됐다.

그리고 반격에 나섰다.

지원군과 군세를 이루면서 교주로 진격했다.

허름한 나무 방패를 든 반군의 모습이 당나라 장수의 눈에 들어오고 있었다.

그들이 떨면서 나름의 방진을 펼치고 있었으니, 군사들을 이끌고 온 장수가 우습게 여겼고 그의 부장이 조심스러운 말투로 보고를 올렸다.

"이곳에서 역적들이 아군을 막으려는 것 같습니다."

"적의 매복은?"

"양편 산에는 없는 것 같습니다. 있었다면 이미 아군이 공격받았을 테니까 말입니다. 하지만 적의 뒤쪽으로 확인되지 않았습니다."

부장의 보고에 황군의 장수가 한 번 더 비웃었다.

"우릴 공격했다가 놀라서 도망친 놈들이다. 애초에 오랑캐들인데 매복이나 생각할 수 있는 여유나 지혜가 있겠는

238

가? 그저 이제 패하면 안 되는 것이니, 이곳에서 막아보려 할 것이다. 아군은 1만 명이 넘는 군사다."

"하지만 길목입니다."

"길목이라 해도 막기 힘들 것이다. 겨우 2천이 될까 말까 하니까 말이다. 겁에 질린 군사들이니 전투가 벌어지면 금세 도망갈 것이다. 화살로 먼저 공격해서 전열이 흐트러지면 돌격한다."

"예! 장군!"

그리 주의 깊게 주변을 살피지 않았다.

그것도 그럴 것이 앞선 전투에서 크게 이기고 패한 역적들을 추격하던 중이었다.

적이 병력을 수습해서 매복까지 놓을 여유는 없을 것이라고 생각했다.

전면에 보이는 수 천 민병들을 몰아내면 남해요 교주 전체였다.

황실에 전공을 세워 역사에 이름을 남기고자 했다.

또한 후손들에게 대대손손 명예와 풍요를 안겨다주고자 했다.

부푼 꿈을 안으면서 명령을 내렸다.

"궁수 부대 앞으로!"

"화살로 역적들의 방진을 깨버려라!"

천호장들과 군관들이 소리 쳤고 활 든 궁수들이 앞으로

나오면서 줄을 섰다.

그들은 공명심에 크게 마음을 두지 않는 자들이었다.

또한 황실에 관련된 소문을 듣고서 마음이 흔들리는 자였다.

하지만 어쩔 수 없이 명령을 따르고 있었다.

'이렇게 하는 것이 맞겠지……'

'이기는 편에 서 있으면 그만이야.'

누구를 따르던 자신들의 목숨과 식구들만큼은 지키려고 했다.

그렇게 하늘을 향해서 화살을 조준했다.

다시 천호장과 군관들이 크게 소리쳤다.

"발사!"

시위를 놓자 천 발에 가까운 화살이 하늘 높이 올랐다.

그리고 길목을 지키는 역적들의 머리 위로 쏟아져 내렸다.

"방패 들어!"

슉! 슈슉!

푹!

"크악!"

빈틈을 비집고 날아든 화살이 민병들의 허벅지와 어깨로 박혀 들었다.

고통을 견디지 못하고 쓰러진 민병의 가슴 위로 화살이

내리박혔다.

"커헉……!"

피와 신음을 함께 토해냈다.

그런 민병이 십 수 명이었다.

이내 방진이 흐트러지면서 빈틈이 생기게 됐다.

그 틈을 당나라를 지키려는 자들이 놓치지 않았다.

"지금이다! 돌격!"

"와아아아아!"

"대당국 황제 폐하! 만세!"

함성을 일으키면서 황군 병사들이 돌진했다.

달려오는 황군 병사들을 보면서 화살을 막던 민병들이 소릴 질렀다.

"놈들이 온다! 방패 붙여!"

"도망치는 놈들은 반드시 책임을 물을 것이다!"

"한 번만 막아!"

북쪽 형양의 말과 전혀 다른 말로 백장을 맡은 자들이 소리쳤다.

북쪽인 중원 사람들에 비해 조금 다른 외모를 가지고 있었다.

또한 쓰는 말도 이질적인 언어였다.

그동안 중원이라 칭하는 나라들에게 굴복하여 충성을 바쳤지만 앞으로는 절대 따르지 않고자 했다.

산월 혹은 남월이나 남만이라 불리면서 비하 당했었다.

그 사실을 잊지 않으며 이 악물었다.

이내 붙여진 방패 앞에서 큰 소리가 나며 충격이 크게 일어났다.

"큭!"

"크악!"

"버…버텨라!"

사람으로 된 파도가 밀려들면서 '쾅!' 하는 소리가 났다.

서 있는 자리를 반드시 지키려고 했다.

한 사람이 쓰러지면 온 민병들이 황군의 공격에 휩쓸릴 수 있었다.

악을 쓰면서 붙인 방패를 떨어트리지 않으려고 했다.

그리고 창끝을 내질렀다.

"크윽!"

"이놈들이 감히!"

"크악!"

서로가 서로에게 창을 내지르면서 해를 입혔다.

하지만 민병들의 피해가 갈수록 커져갔다.

방패 위쪽과 틈으로 밀고 들어오는 흉기에 옷이 갈라지고 피부가 베였다.

고통에 신음을 일으켰고 함께 방진을 벌이던 민병들의 장수가 소리쳤다.

"조금만 더 버텨!"

그의 지휘를 따르면서 적군의 돌진을 막아냈다.

그리고 충분히 저지했을 때 목판으로 엮인 방패가 부서졌다.

"우왁!"

"크악!"

방패가 부서지면서 그것을 들고 있던 민병들이 함께 쓰러졌다.

황군의 돌진을 막던 방진에 구멍이 생겼고, 황군 병사들이 엎어지다시피 밀고 들어갔다.

그로 인해 협곡에서 길을 막던 민병들이 큰 위기에 빠졌다.

"후퇴! 후퇴! 이제 충분해!"

민병들을 지휘하던 장수가 소리쳤다.

그 소리를 듣고 방패를 세우던 민병들이 돌아섰다.

"어서 뛰어!"

"도망쳐!"

기다리던 명령이었다.

후퇴라는 말이 나오자마자 모든 것을 버리고 뛰기 시작했다.

그리고 민병들을 지휘하는 장수까지 뛰었으니, 그는 거의 마지막에 돌아서서 살아남고자 했다.

돌아선 민병들의 장수에게 창이 날아왔다.

"커헉!"

"장군?!"

"뛰어… 돌아보지… 말고…….."

"빌어먹을……!"

숨을 거두는 순간까지 부하들에게 후퇴 명령을 전했다.

상관의 죽음을 확인한 군관들이 그의 희망을 헛되이 하지 않기 위해서 뛰었다.

그중 몇 명은 상관과 똑같은 운명을 따라야 했다.

"크학……!"

다시 공중을 가로지르면서 화살이 날아들었다.

자리를 지키는 데에 신경만 쓰다가 퇴각 명령을 듣지 못한 민병들이 휩쓸렸고, 살아남은 자는 천 명이 조금 되지 못하는 듯했다.

그런 민병들을 황군 장수가 끝까지 소탕하려고 했다.

"돌격! 한 놈도 살려두지 마라! 역적들을 소탕하고 교주를 다시 되찾는다! 황군의 위엄을 적에게 보여줘라!"

"와아아아!"

함성을 일으키면서 패주하는 민병들의 뒤를 쫓았다.

죽은 민병들의 시신을 짓밟으면서 굽이치는 길을 따라서 움직였다.

전공에 욕심을 가진 자들이 선두로 나서면서 달렸고, 그

244

들을 따라 1만 5천에 달하는 군사들이 짐승처럼 뛰었다.

마치 먹이를 앞에 둔 맹수처럼 뛰었다.

민병들이 지켰던 길목 너머 보이지 않던 길로 접어들었다.

이내 협곡을 벗어나면서 숲에 이르렀고, 그 숲은 매복을 벌이기에 적절하지 않은 작은 숲이라, 민병들의 유인일 것이라 여기지 않고 계속 뛰었다.

그리고 숲 밖으로 나와서 빛을 보게 됐다.

함성에 살벌함을 실으면서 뛰어 나와 초지 위에 서게 됐다.

가쁜 숨이 느껴지지 않을 정도로 승리의 기쁨을 맛보다가 온 사고가 정지되려고 했다.

숲에서 나온 모든 자들이 눈을 잔뜩 키우고 있었고, 거친 숨이 토해지던 입에서 믿기 힘든 탄식이 터져 나오게 됐다.

"뭐…뭐야, 이건……?"

"마…맙소사……."

패주하는 역적들을 따라잡으려고 온 힘을 다해서 뛰었다.

그러나 더 이상 쫓을 수 없었다.

그들 앞에 장벽 같은 군사들이 줄지어 서 있었고, 그들 사이사이에서 휘날리는 깃발의 문양을 보고 얼어붙게 됐다.

바다에서 불어오는 바람으로 세 발 까마귀가 날개 짓을 하며 울고 있었다.

위풍당당하게 삼족오기가 휘날리고 있었다.

계속해서 황군이 밀려들었고, 그들을 지휘하는 장수까지 숲 밖으로 나왔다.

초지 위로 나오면서 황당함이 얼굴에 깃들었다.

함께 나온 부장의 입이 커지면서, 다급히 상관에게 보고를 전했다.

"장군! 고려군입니다!"

"고려군이라고……?"

"놈들이 아군을 유인한 것 같습니다!"

"……?!"

판단력을 되찾는 데에 꽤나 시간이 필요했다.

그리고 현실을 깨달았을 때 등골이 서늘해지는 것을 느꼈다.

눈앞에 펼쳐진 것들이 믿어지지 않았고, 그동안 교주의 반란에 끼어들지 않던 고려가 이제야 개입하는지 의문이었다.

"어째서 고려 놈들이 이곳에……."

휘날리는 삼족오기를 보고 싸울 준비를 마친 고려군을 봤다.

혹시나 궁지에 몰린 역적들이 허장성세를 벌이는 것은

아닌지 의심하기도 했다.

진형을 펼친 고려군을 보면서 이러지도 저러지도 못하는 황군을 계백이 보았다.

그가 앞에 서서 적의 기세를 확인하고 있었고, 옆에서 엎어진 민병들의 울음소리를 엿 듣게 됐다.

무릎을 꿇은 민병들이 두고 온 동무들 탓에 곡소리를 냈다.

"크흐흑……."

"정이를 버려두고 왔어……."

"어렸을 때부터 함께했던 동무였는데… 어떻게……."

"아버지… 흐흑… 흐흑……."

아비와 자식이 함께 싸운 경우도 있었다.

그리고 아비를 전장에 두고 빠져 나온 자식이 하늘이 무너지는 것 같은 슬픔을 경험하고 있었다.

그런 민병들을 계백이 보았고, 조용히 발걸음을 옮기면서 그 큰 손으로 머리를 감싸주었다.

"이제, 우리가 원수를 갚아주겠다."

약관을 한 해 앞둔 소년이 머리에서 촉감을 느끼면서 고개를 들었다.

그리고 햇빛을 가리는 그림자를 봤으니, 이내 울음을 터트리면서 소망을 전하였다.

"아버지의 원수를 갚아주십시오! 제발……!"

고려 말이었고 교주 말이었다.

서로의 말이 달랐지만 원하는 바는 한 결로 같았다.

정의를 바로 세우고 복수를 이루는 것이었다.

소년의 바람을 듣고 계백이 고개를 끄덕이면서 손을 뗐
다.

그리고 흑치상지로부터 보고를 받았다.

"준비가 끝났습니다. 장군."

큰 칼을 뽑아들면서 적을 겨누었다.

"화포로 적을 진멸한다."

그의 낮은 음성이 온 천하를 휩쓸기 시작했다.

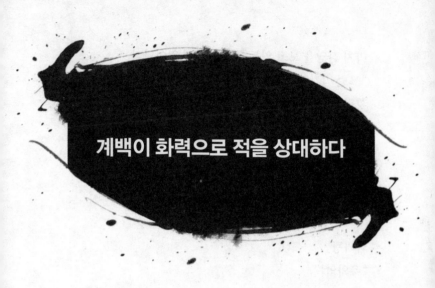

계백이 화력으로 적을 상대하다

숲에서 나온 황군 병사들이 크게 술렁였다.

"설마, 고려군이야……?!"

눈으로 보고도 믿어지지 않았다.

도망치는 민병과 전혀 다른 차림을 한 군사들이 초지 위에 서 있었다.

그들 사이에서 삼족오 깃발이 휘날리고 있었고, 손에는 총으로 여겨지는 무기들이 들려 있었다.

또한 앞에 포로 여겨지는 무기들이 배치되어 있었다.

일정한 간격으로 방렬되어서 포구를 살짝 든 모습이 살벌하게 느껴졌다.

마치 환영을 보고 있는 듯한 착각이 일어났다.

"그럴 리가… 놈들이 어째서……."

황군을 이끌고 온 장수의 눈동자가 흔들렸다.

그리고 모든 것이 믿어지지 않을 때, 불빛이 번쩍이면서
소리가 크게 일어났다.

마치 벼락이 떨어지는 소리 같았다.

뻐벙! 뻥!

"……?!"

콰콰쾅!

"우와악!"

"크악!"

소리가 난 후에 몰려왔던 황군이 쓰러졌다.

흙기둥이 솟구치면서 주위에 있던 병사들이 엎드렸다.

바로 뒤에 있던 병사와 군관의 몸이 한 순간에 십 수보 뒤
편으로 날아갔고, 그들의 신체가 조각이 나면서 주변 땅과
병사들에게로 흩어졌다.

어떤 병사의 떨어져나간 팔이 다른 병사의 얼굴로 날아
들었다.

"헉…?! 으아아?!"

얼굴에 묻은 피를 닦아내면서 기겁했다.

떨어진 팔이 바닥에서 나뒹굴었고 포탄을 맞는 황군 병
사들이 비명을 지르면서 사방으로 뛰었다.

"어떻게 이런 일이……!"

그들을 지휘하는 장수가 완전히 얼어붙었다.

그리고 황군을 향한 고려군의 포격이 계속 되고 있었다.

사단장인 계백의 명을 따라 포구에 화약과 포탄이 채워지고 큰 소리가 일어났다.

"발포!"

뻐벙!

콰쾅! 콰콰쾅!

"재장전!"

연속해서 포탄을 쏘아 날렸다.

뿜어져 나오는 연무 너머에서 당 황실을 따르는 군사들이 비명을 질렀다.

으아아아!

메아리가 되면서 하늘 높이 울려 퍼졌다.

사지에서 빠져 나왔던 민병들이 포격 받고 있는 황군을 보면서 전율을 느꼈다.

"이것이 고려군의 위력인가……."

"바다에서 일으켰던 천둥을 우리 앞에서 일으키다니……."

"세상에……."

온몸이 떨렸고 주먹 쥔 손에 쥐가 날 정도로 힘이 들어갔다.

황실에 맞서기 이전에 고려 수군으로부터 피해를 입었던 순간이 떠올랐다.

그때 느꼈던 두려움과 공포가 이제는 동맹군이 된 고려군으로부터 느끼고 있었다.

연신 일어나는 큰 소리에 귀가 먹먹해졌다.

슬픔과 두려움과 복수를 이루는 통쾌함이 가슴에서 뒤죽박죽되었다.

온갖 감정이 실린 시선으로 전장을 지켜보았다.

그런 민병들을 계백이 보았고, 아비를 잃고 슬피 울었던 소년의 모습을 지켜보았다.

그러다가 부장인 흑치상지에게 명을 내렸다.

"숲을 향해서 사슬탄을 발포한다. 그리고 적 궁수를 찾아 비격진천뢰를 발포하라. 아군을 위협할 수 있는 요소들을 제거하고 전진한다."

"예! 장군!"

계백의 명을 흑치상지가 받들면서 명을 전했다.

이내 화포를 운용하는 포대장에게 명령을 전했고, 사슬탄을 장전하도록 만들었다.

사슬로 엮인 두 발의 탄환이 화포에 장전 됐다.

"숲을 노린다! 포각 재조정! 화포 발포 준비! 발포!"

포수가 방아끈을 당겼고, 포각을 높인 화포가 들썩이면서 뒤로 밀려났다.

동시에 사슬로 엮인 두 발의 포탄이 숲으로 날아들었
다.

숲에서 온갖 소리들이 섞여서 밖으로 울려 퍼졌다.

"크아악!"

우지끈!

콰직!

"아악!"

콰쾅!

"아아아!"

비명인지 절규인지 함성인지 모를 소리가 숲에서 일어났
다.

완구에서 발포 된 비격진천뢰가 숲으로 날아들면서 폭발
을 일으켰다.

폭음이 있었던 후에 다시 비명 소리가 울려 퍼졌고, 활을
들고 있던 군사들을 향해서도 사슬탄이 날아들었다.

당당하게 민병들을 쫓던 모습은 온데간데없었다.

충격에 황군을 이끌던 장수도 쓰러졌다.

옆에서 군관에 밀려나면서 부딪쳤다.

땅으로 넘어지면서 신음을 크게 일으켰다.

"크윽……!"

그야말로 정신을 차릴 수가 없었다.

넘어지면서 크게 충격을 받았는지 별이 보일 지경이었다.

눈을 감고 얼굴을 한 번 털어내곤 앞을 보려 했다.

포탄이 발포되면서 뿜어져 나온 연무가 온 전장을 채우고 있었다.

그리고 서서히 흩어지기 시작했다.

귓속을 메우던 포성이 더 이상 들리지 않았다.

멀었던 고려 군사들이 코앞으로 다가와 있었다.

"후…후퇴! 후퇴!"

타탕!

"억?!"

타타탕! 타탕!

"윽…….."

일어나서 군사들에게 소리치다가 총탄을 맞았다.

앞으로 다가온 고려 군사들이 총격을 가하기 시작했다.

흉탄을 맞은 장수가 피를 흘리면서 쓰러졌고, 그가 정신을 잃을 때까지 병사들의 비명 소리를 들었다.

"퇴각! 퇴각!"

"놈들이 총을 쏜다!"

"후퇴해라! 어서!"

다급한 외침들이 일어났다.

이미 혼란에 빠진 군사들에게 더 이상 명을 내릴 수 없었다.

차츰 정신을 잃어갔고, 이내 깨어날 수 없는 잠에 빠졌다.

지휘관을 잃은 황군 장병들이 우왕좌왕 했다.

도망치기 위해서 지났던 길로 돌아가려 했지만, 그 길은 좁은 협곡으로 향하는 길이었다.

때문에 사람들이 몰릴 수밖에 없었다.

마음 급한 병사들이 소릴 지르면서 아우성 쳤다.

"안 가고 뭐해?!"

"뒤로 빠져! 어서!"

"이러다가 다 죽어!"

"아아아!"

해병들의 소총 발포가 계속해서 이뤄졌다.

"발포하라!"

타타탕! 타탕!

"2열 재장전! 3열 발포!"

숲으로 총탄이 계속해서 날아들었고, 도망치지 못한 황군 병사가 나무 뒤로 숨어서 몸을 웅크렸다.

그리고 그들에게 화포의 포탄도 계속 날아들었다.

콰쾅!

"아악!"

귀를 막으면서 절규했다.

부러진 나무가 웅크린 병사의 몸을 덮쳤고, 기세등등하

게 진격했었던 황군이 더더욱 겁에 질렸다.

　도중에 미친 자들이 나오면서 동귀어진이라도 해 볼 요량으로 뛰어나오는 자들이 있었다.

　"아아아아!"

　기합을 일으키면서 총성을 일으키는 해병들에게 뛰었다.

　달려 나오는 황군 병사를 보면서 해병들이 속히 총구를 조준하고 방아쇠를 당겼다.

　그러자 눈에 가득 차 있던 독기가 풀려버리면서 무릎에서도 힘이 빠져나가 버렸다.

　주저앉은 황군 병사가 피를 흘리면서 쓰러졌다.

　뒤에서 달리던 자들에겐 해병들이 소지한 수류탄이 날아들었다.

　"수류탄 투척!"

　콰쾅!

　"흐아악! 아악!"

　주변에 수류탄이 폭발하면서 파편을 맞은 병사들이 절규했다.

　그로 인해 따라 달리던 자들이 멈춰 서 버렸다.

　어떤 식으로 해도 개죽음이 될 것이라는 생각에 무엇도 할 수 없게 되어버렸다.

　그때 당나라 말이 가능한 해병과 군관들이 소리치면서

앞으로 나온 자들에게 투항을 권고했다.

"무기 버려!"

"무길 버리고 손을 머리 위에 올려라!"

"항복하겠다는 의사를 확실히 밝히면 살려줄 것이다!"

해병들의 외침을 듣고 어쩔 줄 몰라 했다.

하지만 선택의 여지가 없었다.

어쩌면 손에 무기를 들고 있음으로써 자신의 목숨을 거둬질 수도 있었다.

흉악스런 물건을 속히 버릴 수밖에 없었다.

그리고 다가오는 해병들에게 울먹이면서 살려달라고 애원하기 시작했다.

"제…제발 살려 주십시오……."

"우리는 그저 명령을 따랐을 뿐입니다……."

"명령을 따르지 않으면 저희들이 죽고 식구들도 죽습니다……."

"그러니 제발 살려 주십시오… 제발……."

무릎을 꿇은 황군 병사를 해병들이 매섭게 노려보며 총구를 조준했다.

포로들을 감시하기 위해서 몇 명의 해병들이 남아 병사들의 행동을 통제했다.

그리고 나머지는 계속해서 숲으로 들어가면서 총성을 일으켰다.

수류탄에 의한 폭음이 계속해서 울려 퍼졌다.

수레를 이끌고 온 황군의 후군에게까지 소리가 들렸다.
"이게 무슨 소리야."
"초…총성인 것 같습니다……."
"총성이라고?"
"전에 화기대의 훈련을 본 적이 있었는데 그때 들었던 소리와 비슷합니다. 총 소리가 아니고서는 이런 소리가……."
보급대의 군관이 상관에게 보고했고, 그의 보고를 들은 대장이 황당한 표정을 지었다.
"그럴 리가! 아군에 화기가 없는데 총소리가 날 수 없다! 그렇다면 놈들이 화기를 보유했다는 것이 아닌가?!"
"그, 그럴 수도……."
"화기가 놈들에게 있었다면 벌써 역적 놈들에게 형양까지 뚫렸을 것이다! 그러니 어서 본대에 합류해야……!"
보급대장이 판단에 고집을 부리면서 말했다.
그때 후둔 선두의 군관이 전방을 확인하고 크게 소리쳤다.
"아군이 돌아옵니다!"
"뭐?!"
"아군이 뛰어서 오고 있습니다! 헉?! 뭐야, 저건?!"

"⋯⋯?!"

"어⋯어째서, 배들이⋯⋯?!"

협곡이 끝나는 곳에서 숲이 시작되고 있었다.

그리고 숲 측편으로 강이 돌고 있었으니, 돛대를 세운 배들이 강물을 거슬러 오르면서 다가오고 있었다.

보급부대의 장병과 후퇴하는 장병들까지 강을 따라서 오는 배들을 주목했다.

그리고 그 배들이 자신들이 아는 배의 모습과 많이 다르다는 알게 됐다.

갑판 난간에 사각 형태의 구멍들이 나 있었고, 밖으로 차가운 금속들이 머릴 내밀고 있었다.

이내 몰려오는 배들의 정체가 무엇인지 깨닫게 됐다.

"이런! 적선이다!"

"고려군이다! 말머리 돌려!"

삼족오기가 나부끼고 있었다.

수레를 이끌고 온 후군이 급히 기수를 돌리려고 했다.

하지만 이미 판옥선의 화포가 조준되어 있었다.

"발포하라!"

갑판 위에서 큰 소리가 일어나자 중원 하늘이 부서지는 듯한 소리가 이어 터져 나오기 시작했다.

그로부터 며칠이 지나서였다.

급보를 받은 장사성에서 전령이 출발했고, 며칠이 지나 장안으로 보고가 전해졌다.

남쪽에서 날아든 소식에 무조의 눈과 손이 덜덜 떨렸다.

무조가 백성들을 총동원하다

다시 장안으로 급보가 날아들었다.

말 탄 전령이 밤낮을 가리지 않고 달려서 황궁에 이르렀다.

유인궤가 부재하는 가운데, 태위가 된 무삼사가 보고를 받고 다시 태후인 무조에게 보고를 올렸다.

정후전 상석에 앉은 무조가 보고문을 손에 들고서 기색을 흐트러뜨렸다.

"교주 역적들을 상대로… 진압군이 패해?"

"형양 입구에서 역도들을 상대로 크게 이겼습니다만… 패주하는 역도들을 쫓아 남해군까지 진격했고, 역적들에게 빼앗긴 폐하의 영토와 백성들을 되찾아 드리려다 그만……."

보고를 전하는 무삼사가 몹시 긴장한 모습을 보였다.

그런 무삼사를 내려다보면서 무조가 언성을 높였다.

"무능하게 패했는데 어찌 대신 변명하는가?!"

"벼, 변명이 아니라, 좀 더 상세히 알려드리기 위해……."

"설마, 악관으로부터 뇌물을 받았었던 것은 아니겠지?!"

"예?!"

"뇌물을 받지 않고 어찌 그런 말을 할 수 있냐는 말이다! 지금 상황에서 놈을 어찌 감히!"

태후의 호통에 무삼사가 몸을 바짝 엎드리면서 의심을 불식시키려고 했다.

"저, 절대로 뇌물을 받지 않았습니다! 놈이 무리하게 공을 세우려다가 일을 그르쳤다는 것을 알리려 했습니다! 그러니 부디 의심을 거두어주십시오! 태후마마!"

무조의 조카이자 군을 관장하는 자였다.

그를 무조가 마치 원수 보듯이 보았고, 들고 있던 보고문을 마저 읽어 내렸다.

온몸과 숨소리마저도 떨리고 있었다.

"역도를 고려가 돕다니…! 얼마 전까지만 하더라도 우릴 공격한다는 이유로 교주에도 포격을 가했었는데…….”

“교주 놈들이 폐하께 반역해서 돕는 것 같습니다…….”

“악관, 그자 때문에 모든 게 망가질 위기에 처했소! 금릉의 역도들도 제압이 안 됐는데, 이런 식으로 길을 열어주게 되다니!”

“…….”

“적을 이롭게 하는 자는 어떤 식으로든지 역적이 될 것이오! 지금 당장 형양에서 군을 징발하고 북진을 벌일 수 있는 역도와 고려 놈들을 막으시오! 그리고 악관의 식솔을 당장 추포하시오!”

“예……?”

“놈의 시체를 확인하지 않았는데, 살았는지 죽었는지 어떻게 알겠소?! 놈이 적에게 아군을 가져다 바쳤다면, 그놈 또한 역적이 될 것이오! 그러니 추포하시오! 황실의 위엄으로 군에 경고할 것이오!”

“…….”

태후의 명에 무삼사가 잠시 대답하지 못했다.

태후가 자신을 의심했을 때 심장이 덜컥 내려앉는 듯한 느낌을 받았다.

악관의 후원을 자처하고 그에게 출세 길을 보장해 준 적이 있었다.

구실이 될 만한 공이 있으면 그것을 확대시켜서 조정에

추천하려고 했다.

지난 약속들이 떠올랐고, 악관과 식구들에 대한 죄책감이 들었다.

하지만 잠시였다.

'시신을 본 적이 없는데 살아 있을 수도 있는 거잖아! 일서 상단의 단주도 외적과 결탁한 간자였는데, 그놈도 그랬을지 몰라! 교주를 되찾기 전까진 아무 것도 모른다.'

죄책감을 지우기 위해서 스스로를 합리화 했다.

목소리에 힘을 실으면서 명을 내린 태후에게 대답하려고 했다.

그때 정후전 문 앞에서 소리가 났다.

무조와 무삼사의 시선이 함께 움직이면서 향했다.

열린 문 앞에 군관 한 사람이 서 있음을 보게 됐다.

그의 손에 서신이 들려 있는 것을 보았고, 무조의 눈짓을 받고 무삼사가 군관에게 물었다.

"무엇인가?"

그의 물음에 군관이 대답했다.

"급보입니다!"

"급보라고?"

"남만과 서융에 관련된 것입니다!"

목소리를 높여서 군관이 보고했다.

무조와 무삼사의 시선이 한 번 더 교차되었고, 다시 전령

264

에게 무삼사가 이야기 했다.

"입전해서 보고하라!"

입전을 허락 받으면서 군관이 안으로 들어와서 무조에게 인사했다.

그리고 무삼사에게도 인사를 한 뒤 손에 들린 서신을 넘겨주었다.

봉투에서 서신을 꺼낸 무삼사가 눈을 잔뜩 키웠다.

"이…이것은……?!"

그의 반응을 보고 무조의 마음이 불안해졌다.

경직 된 목소리로 무삼사에게 무엇을 보았는지 물었다.

"어떤 소식이오?"

서신에 담긴 보고문의 내용을 신속히 듣게 됐다.

"남만이 운남을 점령했다고 합니다……!"

"뭐라고?!"

"운남의 유황산을 놈들에게 빼앗겼습니다! 때문에 더 이상 화약 제조가 불가능할 것입니다! 그리고 토번이 폐하의 영토 서쪽을 공격했습니다!"

"……?!"

무삼사의 보고가 도저히 믿어지지 않았다.

"토번이 대당국을 공격했다고……?"

조카를 보면서 잠깐 동안 기막힌 시선을 드러냈다.

그가 쥔 보고문을 건네받았고, 안에 담겨 있는 내용들을 확인하였다.

군의 인이 새겨진 것을 보았고 거짓이 아닌 진짜 보고문이라는 것을 알게 됐다.

토번은 황실과 혈연으로 묶인 나라였다.

그리고 고려와 이웃하지 않은 매우 먼 나라였다.

그들이 황실을 곧이곧대로 따르지 않았지만, 그렇다고 해서 죽을 각오로 고려와 함께 맞설 것이라고 여기지 않았었다.

그랬던 판단이 이미 지난 판단이 되었다.

그리고 현실이 이미 바뀐 상태였다.

대당국이 변했고, 고려 또한 변해 버렸다.

무삼사가 울먹이면서 그 사실을 알렸다.

"고려의 동맹입니다! 전에 토번이 고려와 동맹을 맺었습니다! 놈들이 고려와 손을 잡고 황도 서부를 휩쓸기 시작했습니다! 태후마마!"

두 나라의 국력이 완전히 바뀌었다.

예로부터 중원은 만인이 선망하는 곳이었고, 천하를 논하는 곳이었다.

하지만 이제 고려가 그 자리를 대신하고 있었다.

온갖 몸부림을 치면서 황실 최고의 자리까지 올랐건만, 결코 원하는 것을 얻지 못했다.

누구도 간섭할 수 없는 최고의 권력을 얻고자 했고, 그것은 곧 생존하기 위함이었다.

당나라에서는 최고가 되었지만 그것이 곧 천하제일은 아니었다.

반드시 나라가 무너지는 것을 막아야 했다.

그리고 어쩌면 앞으로 있을지 모를 고려의 공격을 막아야 했다.

보고문을 구기면서 무조가 무삼사에게 명을 내렸다.

"이 나라를 위협하는 오랑캐를 반드시 토벌할 것이오! 또한 이 나라 백성이길 포기한 역도이자 오랑캐가 된 자들도 반드시 섬멸할 것이오! 이제, 선택의 여지가 없는 바! 이 나라의 모든 것을 걸고 내일을 지킬 것이오! 지금 즉시 모든 백성을 징발하라고 황명을 전하시오!"

"예! 태후마마!"

"100만 대군이 아니라, 1천 만 대군으로 적을 소탕할 것이오! 놈들을 상대하기 위해서 청야전도 불사해야 하오!"

권좌를 지키기 위해 수단과 방법을 가리지 않으려고 했다.

그녀의 마지막 결의를 듣고 무삼사의 눈이 번쩍 뜨였다.

태후에게 향하는 시선이 심히 흔들리고 있었고, 곧 나라에 여태 경험하지 못한 재앙이 찾아올 것이라고 생각했다.

하지만 어쩔 수 없었다.

황실을 지킬 수 있는 유일한 방법이었다.

모든 것을 걸지 않고 다른 어떠한 것도 구할 수 없었다.

아직 태후에게 민심이 남아 있을 때 대업을 성취해야 했다.

그것은 가문을 지키는 일이기도 했다.

머릴 숙이면서 태후의 명을 받들었다.

"황명을 받들겠습니다! 태후마마!"

일어나서 목례한 뒤, 뒷걸음으로 정후전에서 퇴전했다.

곧장 군부로 향해 황실과 가문을 지키고자 했다.

황제를 대신하는 태후의 명이 전국 관아로 하달 됐다.

그것으로 인해 다시 백성들을 향한 징발이 이뤄지게 됐다.

황명을 받은 태수와 관리가 성의 군사들과 함께 움직이면서 마을을 돌았다.

징발령을 받은 마을 주민들의 어안이 벙벙해졌다.

"지…징발을 하신다고 말씀입니까?"

"그렇다."

"아니, 전에도 징발해서 자식 두 명 중에 하나를 데리고 갔는데 또 어찌……."

백발이 머리에 가득한 한 노인이 관리에게 따지듯이 물었다.

그러자 관리가 불편한 마음을 드러내면서 노인에게 징발

268

의 이유를 알려줬다.

"더욱 많은 병력이 필요하다. 지금 고려가 역적들을 돕
고 있다."

"고려가 말씀입니까……?"

"때문에 더 많은 병력이 필요하고, 그래서 다시 징발하
는 것이다! 황제 폐하의 명령이니, 반드시 따라야 한다! 따
르지 않는다면 역적으로 여길 것이니, 속히 황군에 합류하
라!"

관리의 말에 노인의 표정이 어두워졌다.

함께 있던 마을 주민들이 놀라면서 술렁였고, 그들 사이
에 노인의 자식이 있었다.

그가 앞으로 나서면서 관리에게 물었다.

"혹, 집마다 한 명씩 종군합니까?"

"두 명이다."

"하오면, 소인의 아버지까지 전장으로 향하셔야 됩니다.
어르신께서도 보셔서 아시겠지만, 소인의 아버지는 다리
가 불편하셔서……."

아비를 전장으로 보내지 않기 위해서 자식이 말했다.

그의 이야기를 듣고 관리가 함께 서 있던 소년을 가리키
면서 말했다.

소년은 관리에게 물었던 남자의 조카였다.

"그러면 저 아이가 가면 된다."

"예?"

"어리다 해도 검을 들 수 있으면 된다. 그러니 아비 대신 저 아이가 가면 된다."

"······."

관리가 가리킨 조카를 노인의 자식이 보고 인상을 매우 굳혔다.

이미 징집되어 전장으로 끌려간 형의 유일한 자식이었다.

그리고 노인에게는 유일한 손자였다.

다리를 저는 노인이 앞으로 나서면서 관리에게 말했다.

"소인이 가겠습니다."

"아버지!"

"넌 가만히 있거라."

"하지만 아버지!"

"내가 가지 않으면 상이가 전쟁터로 끌려간다. 상이가 가는 것보다 차라리 내가 가서 싸우는 것이 나으니까, 넌 아무 말도 하지 말거라. 그저 너까지 전쟁터로 가게 된 사실이 슬프구나······."

"아버지······."

"꼭 살아서 돌아오자꾸나······."

결코 황명을 어길 수 없었다.

황명을 어기는 것은 스스로 가문을 멸문에 빠트리는 것

 270

이었다.

어쩔 수 없이 노인이 전쟁터로 향해야 했고, 그의 남은 자식마저도 함께 가야 할 상황이었다.

모든 마을 주민들에게 똑같은 상황이 주어졌다.

또한 당나라 내 모든 백성들에게 같은 황명이 내려졌다.

징집된 백성들이 줄지어 서면서 장수와 군관의 지시를 따르게 됐다.

"탈영은 곧 참형에 처해질 것이다! 군율의 지엄함을 결코 잊지 말라! 무기는 군영에서 지급될 것이다!"

"전진하라!"

"앞으로!"

백장을 맡은 병사들이 군관이 되어서 징집병들에게 소리쳤다.

백장의 지시를 따라 징집병들이 앞으로 움직였다.

그리고 다리를 저는 노인을 그의 자식과 자식의 동무가 부축해 주었다.

함께 걸으면서 군영으로 향했고, 그 모습을 마을의 여인들과 아이들이 지켜보고 있었다.

"여보!"

"무사히 돌아오셔야 되요! 제발…! 흐흐흑……!"

울면서 떠난 지아비와 아버지의 무사함을 기원했다.

오열하는 여인들을 마을에 남은 군사들이 지켜봤다.

그리고 상관으로부터 명을 받았다.

"군량을 징발해서 실어라! 어서!"

여인들의 집에 들어가서 양곡을 수거했다.

우는 여인들이 앞으로 어떻게 사느냐고 물었지만 어쩔 수 없었다.

나라에 위기에 빠졌으니, 모든 것을 동원한다는 황명만을 알릴뿐이었다.

그렇게 백성의 모든 것을 빼앗으면서 황실을 지키려고 했다.

황제를 대리하는 태후가 발악하는 사이.

금릉을 지켜낸 민병과 고려군이 장강을 건너면서 북진하기 시작했다.

진격 속도를 높이면서 화남을 휩쓸기 시작했다.

272

적의 전술을 확인하다

 절체절명의 순간 고려군의 도움을 받아 기사회생했다.

 성벽이 무너지는 와중에도 끝까지 싸워서 역전을 이뤄냈고, 결국 10만에 달했던 황군을 물리치면서 거짓에 맞서는 대의를 지킬 수 있었다.

 마지막 보루인 금릉을 지키는 와중에 많은 피해를 입었다.

 하지만 상처투성이에 주저앉지 않고, 다시 일어서서 진짜 죄인들을 응징코자 했다.

 장강과 회하를 누비는 고려 수군으로부터 도움을 받았다.

또한 상륙한 고려 해병들과 함께 내륙으로 진격하면서 하나씩 마을을 점령했다.

점령된 마을의 백성들이 열띠게 환호하면서 함성을 질렀다.

그리고 어느 순간부터 함성이 사라졌다.

빈 마을과 빈 성을 보기 시작했고 전투 또한 소강에 이를 수밖에 없었다.

무혈 입성하는 경우가 많아 진격 속도도 더욱 높아졌다.

그리고 비교적 큰 성을 목전에 두게 됐다.

합비에서 장안으로 가는 길목 중간에 위치한 곳이었다.

북쪽엔 낙양과 정주로 향하는 허창이 있었고, 서쪽엔 장안으로 길이 뻗어 있는 남양을 둔 곳이었다.

과거 후한 시절엔 '여남'이라 불리는 땅이었으며 촉한을 세운 유비가 잠시 머물며 허창의 조조에게 맞선 곳이기도 했다.

그리고 이젠 '채주'로 불리는 곳이었다.

채주성 앞으로 갖가지 무기를 든 3만 민병들이 몰려왔다.

그와 함께 1만에 달하는 고려 해병들이 진격해왔으니, 소총으로 무장한 해병들을 민병들이 보면서 환한 미소를 지었다.

놀라운 화기로 무장한 해병들이 든든하게 여겨졌다.

그들과 함께 한다면 어떤 적이라도 능히 상대할 수 있을 것 같았다.

알면 알수록 기막힘을 느낄 수밖에 없었다.

그리고 긍정적인 일이었다.

고려군이 보유한 화기가 어떤 화기인지 함께 싸우면서 깨닫게 됐다.

정렬한 민병들이 서로에게 이야기했다.

"보니까 고려군은 불씨 없이 화기를 쓸 수 있는 것 같던데. 그래서 우리들이 소총을 장전할 때보다 훨씬 빠르게 총탄을 장전하는 것 같았어."

"소총뿐만이 아니라 고려의 천자포인 화포도 마찬가지야."

"화포도 그랬나?"

"비가 내리면 장전 중에 화약이 젖지만 그친 후에 고려군은 곧바로 화기를 쓸 수 있어. 불씨 없이 소총을 쏘고 화포를 발포 할 수 있으니까. 반면에 심지가 필요한 화기는 불이 꺼져서 쓰기가 매우 불편할 거야."

"그래서 황군이 패했지. 고려와 싸운 전쟁에서 똑같이 썼지만 그런 이유로 졌다고 들었어."

"그런 것 외에도 고려엔 상상을 초월하는 무기들이 있어. 비격진천뢰라 불리는 무기도 대단하고, 분명 우리가 보지 못했던 다른 무기들도 있을 거야."

"이제 무예로 전쟁을 치르는 시대가 끝났어. 총만 있으면 병사 하나가 천 명을 상대하는 무장을 죽일 수 있잖아. 세상이 완전히 변한 거야."

"그나저나 너무 조용한 것 같은데……."

"설마 채주도 다른 곳과 똑같지는 않겠지?"

"어차피 황군도 금릉에서 박살났는데, 우리가 온다는 소식을 듣고 도망쳤을 수도 있어."

"일단 기다려 보자고."

"그래."

도열한 민병들이 명령이 있기를 기다렸다.

이적과 장손무기와 저수량이 말 탄 상태로 나란히 서 있었고, 그들이 측편에 서 있는 고려 해병들을 보았다.

철창을 안장에 건 창운이 해병들을 지휘하고 있었다.

그리고 성 안의 상태가 어떠한지 보고를 기다리고 있었다.

이적과 유인원의 지휘를 받는 군관과 병사가 성벽 앞에 사다리를 붙이면서 올랐다.

성벽 위에 올라 성 안을 살피면서 관측했고, 잠시 후 병사가 성벽 난간 앞에 서면서, 수신호를 보내면서 유인원에게 보고했다.

보고 받은 유인원이 다시 이적에게 말했다.

"성 안이 비어 있는 것 같습니다. 어르신."

"이번 성도 그렇군."

"예. 어르신. 성문을 열라 지시를 내린 후에 정찰 부대를 안으로 보내겠습니다."

유인원의 보고를 듣고 이적이 고개를 끄덕였다.

깃발로 성문을 열라는 지시를 전했고, 굳게 닫혀 있던 철문이 성으로 들어간 군사들을 통해서 열리게 됐다.

그리고 준비되어 있던 천 명 가량의 정찰대가 안으로 들어갔다.

열린 성문과 가까운 거리를 확인하고 보대에 보고를 전했다.

유인원이 이적에게 보고를 올렸다.

"성이 비어 있다 합니다. 어르신."

"전체를 확인한 것은 아니겠지."

"예. 어르신. 하지만 순순히 열린 시점에서 적의 저항은 없을 듯합니다."

보고를 받은 이적이 다시 고개를 끄덕이고선 명령했다.

"성으로 입성한다. 그리고 고려 상장군에게는 밖에서 기다리고 있다가 우리가 성 안을 다 확인하고 나면 입성하라고 전하라."

"예. 어르신."

이적의 명을 받들면서 유인원이 창운에게 사람을 보냈다.

고려군에게 전령을 보낸 뒤, '해방군'이라는 이름을 단
군사들과 민병들이 나름의 군기를 보이면서 전진하기 시
작했다.

"앞으로!"

천호장과 군관들의 외침과 함께 열린 성문을 통해서 해
방군이 입성했다.

그리고 성 안의 거리나 가옥들을 수색하고 성 밖에서 기
다리던 고려군에게 전령을 보냈다.

성 안이 깨끗하다는 소식을 듣고 창운이 부장에게 명령
했다.

"이제는 우리 차례다. 이미 해방군이 수색했지만 혹시
모르니까 철저히 경계를 벌여."

"예. 상장군."

부장이 명을 받들면서 천호장들에게 군령을 하달했다.

그리고 해병들도 뒤따라 입성했다.

"전진하라!"

"이동 중에 긴장의 끈을 놓지 마라!"

"앞으로!"

군관들이 고함치면서 해병들을 지휘했다.

줄 지어서 채주성으로 천천히 입성했고, 해방군 외에는
어떤 사람들도 볼 수 없음을 확인했다.

입성한 해병들이 서로 수군거렸다.

"여기도 마찬가지네?"

"나름 큰 성인데 말이지."

"적군이야 도망쳐서 없을 수 있지만, 백성들까지 안 보이니까 뭔가 이상해."

"그래도 전투가 없어서 다행이야."

어떤 사람도 죽지 않는 무혈입성을 이뤄냈다.

성으로 들어온 뒤 열린 성문이 닫혔고, 창운과 부장으로부터 명을 받은 천호장들이 크게 목소리를 높이면서 해병들에게 지시했다.

"휴식한다!"

"경계병들은 성벽 위에 올라서 휴식하라!"

"예! 장군! 알겠습니다!"

경계 구역이 할당 되면서 해병들이 빠르게 움직였다.

그리고 미리 성벽 위에 올라온 해방군과 민병들과 함께 성을 지키기 시작했다.

성루 측편으로 해방기와 삼족오기를 나란히 세워서 나부끼게 했다.

세워진 깃발을 창운이 확인하고 있을 때 그의 곁으로 이적과 장손무기가 다가왔다.

인기척을 듣고 고개를 돌린 후에 두 사람에게 물었다.

"정말로 성안이 비어 있는 거요?"

이적이 창운의 물음에 대답했다.

"비어 있소."

"백성들도 아예?"

"그런 것 같소. 쥐새끼 한 마리조차 보이지 않으니까 말이오. 아무래도 금릉에서 황군이 패한 뒤로 전부 후퇴한 것 같소."

"……."

먼저 성 안을 살폈던 이적이 창운에게 성의 상태를 알려 줬다.

그의 이야기를 듣고 창운이 고개를 끄덕였다.

그리고 주위를 돌아봤다.

해병들을 포함하여 도합 4만 군사가 성 안에 있음에도 성 안이 스산하게 느껴졌다.

모든 것이 비어 있는 가운데 불길한 기분이 들기 시작했다.

'설마, 놈들이 우릴 상대로 그딴 전술을 택한 것은 아니겠지…….'

문득 드는 생각이 있었다.

그리고 그것은 역사를 통해서 배운 지식을 근간으로 하는 것이었다.

고려에서 있었던 일을 창운이 떠올리는 가운데, 급히 달려오는 발걸음 소리를 듣고 시선을 옮기게 됐다.

그곳에 유인원이 서 있었고, 그가 이적에게 보고를 올리고 있었다.

"군량고가 완전히 비었습니다."

"민가는?"

"민가 안도 완전히 비어 있습니다. 먹을 것도 마실 것도 아무 것도 있지 않습니다."

보고를 받고 이적 또한 불길한 기분이 들고 있었다.

그때 근처 우물에서 병사들이 소리를 내고 있었다.

"와, 시원한데?"

"나도 어디 마셔보세."

겨울이었다.

하지만 급속 행군으로 모든 군사들이 지치고 목이 말라 있었다.

무엇이라고 말하기 전에 이미 우물의 물을 마시고 있었다.

그것을 이적을 비롯한 사람들이 보았고, 퍼뜩 생각이 떠오른 창운이 소리치게 됐다.

"이봐! 그만 둬!"

"……?"

"이런, 빌어먹을……."

제지하기 전에 이미 우물물을 병사들이 마셨다.

그 모습을 본 창운이 끝났다는 생각에 이를 물었다.

주먹 쥔 손에 힘이 잔뜩 들어갔고, 물을 마신 해방군 병사들이 어째서 자신들을 고려 상장군이 불렀는지 이해하지 못했다.

하지만 이내 몸으로 경험하면서 그 이유를 깨닫게 됐다.

"쿨럭!"

"이…이보게……?"

"케헥! 켁! 우극……."

"이보게! 이보게! 크흡……!"

물을 마신 자들이 토사물을 쏟기 시작했다.

그러다가 거품을 물고 쓰러졌으니, 물을 마시려던 다른 병사가 놀라면서 박을 떨어뜨렸다.

그리고 주위 군사들과 민병들이 당황하면서 달려들었다.

"이보게! 이보게!"

"정신 차리게 이보게!"

쓰러진 병사를 두드려 보면서 정신을 차리게 만들려고 했다.

하지만 병사들이 일어나지 못했다.

눈에 흰자위를 보인 채 몸을 늘어뜨리고 있었고, 그 모습을 이적과 장손무기 등이 지켜보면서 인상을 굳히게 됐다.

병사들의 상태를 유인원이 직접 확인하고 두 사람과 저수량에게 보고했다.

"병사들이… 죽었습니다……."

그 말을 듣고 세 사람이 더욱 황당한 표정을 짓게 됐다.

그때 곁에서 일어나는 고려 상장군의 목소리를 들었다.

"청야전이요……."

"뭐라고……?"

"전에 수나라가 고려를 공격했을 때 우리가 썼던 청야전 말이오. 지금 황군이 우릴 상대로 쓰고 있소."

"……?!"

그 말을 듣고 세 사람의 숨이 멎는 듯했다.

'청야전이라고……?'

장손무기의 기색이 가장 많이 흔들리고 있었고, 이적과 저수양의 두 팔도 심히 떨릴 정도로 충격을 받았다.

그야말로 백성들을 죽일 각오로 전쟁을 치르는 것이 청야전이었고, 성에는 사람을 비롯해서 양식 한 톨까지 남기지 않는 전술이었다.

또한 우물에는 독을 풀고 농사지을 수 있는 땅에도 뿌려서 그 땅을 차지하지 못하도록 만드는 것이었다.

그동안 급히 진격하느라고 그러한 것들을 살피지 않았다.

또한 장강이나 회수 같이 수로와 가까운 곳에서는 강물을 마시고 고려에서 주는 군량을 챙겨 받아 끼니를 해결했다.

보다 내륙으로 들어와서 황군이 어떤 일을 벌였는지 뒤

늦게 깨달았다.

저수량이 굳은 목소리로 이적에게 물었다.

"이렇게 되면, 여남이나 허창으로 진격해도……."

수심 가득한 얼굴로 이적이 저수량에게 말했다.

"이곳과 똑같을 수 있다."

"맙소사……."

"태후가 미친 여인일 줄 알았지만 이 정도까지일 줄은 몰랐다. 그깟 권력을 지켜보겠다고 백성들에게 이런 만행을 저지르다니…! 절대 용서하지 않을 거다!"

주먹을 쥐면서 분노를 토했고, 어쩌면 고향을 잃었을지 모를 백성들을 안타까이 여겼다.

충격 속에서 유인원이 급히 군사들에게 지시했다.

"우물 물을 마시지 마라! 그리고 숨겨진 양식이 나오더라도 절대 손대지 마라! 독이 스며들어 있을 수도 있다!"

더 이상 군사들이 상하는 것을 막으려고 했다.

그때 성벽 위에서 군관의 외침이 울려 퍼지게 됐다.

"장군!"

"……?"

"적군입니다! 지금 채주로 적 대군이 몰려옵니다!"

"……?!"

해방군 군관을 통해 유인원에게 보고가 전해졌다.

보고를 들은 유인원이 급히 발걸음을 옮겼고, 이적과 시

284

선을 주고받은 창운도 함께 움직이게 됐다.

속히 계단을 통해서 성벽 위에 올랐다.

그리고 밖에서 몰려드는 적군을 보았다.

경계를 벌이던 민병과 해병들이 함께 탄성을 일으켰다.

"세상에!"

"도대체 몇 명이야……?"

"못해도 수십 만 대군은 될 것 같아……."

"맙소사……."

탄성이 이내 탄식으로 변하려고 했다.

〈다음 권에 계속〉

어울림 B O O K S
신인 작가 대모집!

어울림 출판사는 무한한 상상력과 뜨거운 열정을 가진 작가 여러분을 기다리고 있습니다.

창작에 대한 열의가 위대한 작품으로 꽃피울 수 있도록 저희 어울림 출판사가 여러분의 힘이 돼 드리겠습니다.

지금 도전하십시오!

모집 분야 : 판타지, 역사, 무협, 로맨스 등

모집 대상 : 아마추어, 인터넷 작가등 열정을 가진 모든 작가

모집 기한 : 수시 모집

작품 접수 방법 : 당사 네이버 카페 또는 이메일을 이용해 주십시오.

파일 형식은 제한이 없으나 원활한 원고 검토를 위해 '.HWP' 형식으로 보내주시고, 파일에 연락처도 함께 기재해주시면 됩니다.

채택된 작품은 정식 계약을 통해 출판물로 간행됩니다.

간행된 출판물은 당사의 유통망을 이용하여 전국 서점으로 배포됩니다.

※ 문의 사항은 **네이버 카페(http://cafe.naver.com/oulim0120)**를 이용하시기 바랍니다.

경기도 고양시 일산동구 장항동 43-55 성우사카르타워 801호

어울림 출판사 신인 작가 담당자 앞

전화 031) 919-0122 / **E-mail** 5ullim@daum.net

인류의 희망, 아만티움!

자원고갈에 직면한 인류에게 아만티움은 신이 내린 선물이었다.

그러나 이는 또 다른 비극을 불러왔으니…….

과거라는 운명의 소용돌이에 던져진

3형제 백호, 청룡, 현무.

그들에게 주어진 운명에 순응하고

열도 침몰을 위한 보급 전쟁을 벌이는데…….

두경 현대판타지 장편소설

우리는 열도 침몰을 원한다

어울림

천살성의 운명을 타고난 마신 독고황
그리고 무림을 지켜온 천신검가
하지만 위대한 가문은 지워졌다.

절망 속에 화룡을 품게 된 검무천.
역경 속에서 북두칠성이 눈을 뜬다.

"돈만 내면 무슨 일이든 해결해드립니다."

붉은 머리카락을 휘날리는 용병 검무천.
무림에 다시 드리운 어둠과 맞서 싸운다.
그가 가는 길은 또 다른 전설이 된다.

화룡을 품은 아이

송세종 무협 장편소설

어울림
BOOKS